얼굴 그려 주는 남자 김동범의

태국, 라오스 여행 감성 스케치

조금 늦어도 괜찮아

얼굴 그려 주는 남자 김동범의
태국, 라오스 감성 스케치 여행
조금 늦어도 괜찮아

처음 펴낸 날 | 2017년 3월 29일

글, 그림 |김동범

책임편집 | 조인숙

주간 | 조인숙
편집부장 | 박지웅
편집 | 무하유
펴낸이 | 홍현숙
펴낸곳 | 도서출판 호미
등록 | 1997년 6월 13일(제1-1454호)
주소 | 서울시 서대문구 성산로 312 1층(연희동 220-55 북산빌딩)
편집 | 02-332-5084
영업 | 02-322-1845
팩스 | 02-322-1846
전자우편 | homipub@hanmail.net

디자인 | (주)끄레 어소시에이츠

인쇄 제작 | 수이북스

ISBN 978-89-97322-34-3 03810
값 | 15,000원

이 도서의 국립중앙도서관 출판예정도서목록(CIP)은
서지정보유통지원시스템 홈페이지(http://seoji.nl.go.kr)와
국가자료공동목록시스템(http://www.nl.go.kr/kolisnet)에서
이용하실 수 있습니다.(CIP제어번호:CIP2017007136)

호미 생명을 섬깁니다. 마음밭을 일굽니다.

얼굴 그려 주는 남자 김동범의

태국, 라오스 감성 스케치 여행

조금 늦어도 괜찮아

김동범 쓰고 찍고 그리다

호미

얼굴 그려 주는 남자, 김동범.

오늘도 이 남자는 사람들 얼굴을 그려줍니다.

카투니스트로 카툰 작가, 팝아트 작가 다채롭게 활동을 하는

김동범은 십 년 넘게 해마다 동남아 여러 나라를 여행하며

기분이 내키면 사람들의 얼굴 그려 주곤 합니다.

이 남자는 사람들 얼굴을 그려 줄 때,

세상 없이 진지하고, 여행은 한없이 행복하고 즐겁습니다.

이번에는 방콕, 태국, 라오스로 펜 한 자루 들고 출발!

ສະບາຍດີ
Ko Surin
สวัสดีคะ
Songkran
Udon
Thai
Ayuthaya
Krabi
Thailand
Siam
Chiangmai
Bangkok
200km
IP
Grand palace
AND
Laos
VIENTIANE
Kip
N2
N1
Chit Lom
CS
W1
E1
E2
Phloen chit
S1
Silom
M2
M3
M4
M5
Kblong T
Lumphini
lao:s
Krung Thep Mahanakhon Amon
Rattanakosin Mahinthara Ayuthaya
Phop Noppharat Ratchathani Burirom
Mahasathan Amon piman Awatan Sathit
witsanukam prasit.
Mahadilok
Udomratchaniwet
Sakkathattiya
얼굴그려주는 남자
트래블스케치
여행
Cover
Story
Travel
Temple
TUK TUK
RAINY SEASON
Mosquito.
How To Make a Safe Trip In
See food
Suvarnabumi
똥개김동범
도서출판 호미

ครบรอบ 100
SIAM

얼굴 그려 주는 남자 김동범의

태국, 라오스 감성 스케치 여행

프롤로그

매일
매일이 지겹다

휴대폰 알람 소리에 짜증을 내며 아침을 맞는다. 삼십 분 안에 출근을 위한 준비를 마쳐야 한다. 이불의 온기를 벗어날 용기를 북돋아 힘겹게 몸을 일으킨다.

하루가 무겁다. 샤워기 물소리와 아직 어두운 바깥 공기가 나를 움츠러들게 한다. 날마다 똑같은 하루가 되풀이된다.

십 년이 넘었다. 그 동안 몇몇 학교를 거쳐 가며 강의를 해 왔고, 꽤 많은 작품 활동을 꽤 활발하게 해 왔다. 여기저기 연재하며 돈을 벌기 위한 작업을 하다 보니 서른 중반이 되었다. 하고 싶은 일을 하며 살아왔으니 운이 좋다 함직하다. 아니 그렇게 믿고 살아왔다. 연애도 했고 결혼도 했다. 별로 특별할 것 없는 인생이란 걸 쉽게 받아들이지 못했다.

십 년이 지났다. 우연히 처음 해외를 나갔다. 대학교 때 만든 애니메이션이 상을 받아서 프랑스 "앙시 애니메이션 페스티벌"에 초대 받았다. 내가 일정을 짜지 않아도 돈을 쓰지 않아도 되는 여행이었다. 처음으로 여권을 만들고, 환전을 했다. 열 시간이 넘는 비행을 견뎌 냈다. 긴 시간의 비행보다는 사실 담배를 참는 게 더 힘들었다.

유럽은 아름다웠다. 세상은 내가 짐작한 것보다 크고 넓고 다양했다. 순간, 나는 너무 늦은 경험을 후회하고 깨달았다. 나는 더 알고 싶어졌고, 더 많이 보고 싶었다. 그러다가 동남아시아를 만났다. "해마다 여행을 떠나자"라는 꿈이 생겼고 그러기 위해 십 년 동안 일했고 십 년 동안 여행을 다녔다.

제대로 된 좋은 길을 찾아 헤매지만
그런 길은 처음부터 없었다

여행을 많이 다니면 철이 빨리 들 거라고 생각했다. 여행이 길면 길수록 더 많은 것을 얻을 거라고도 믿었다. 그런 생각으로 떠남의 횟수를 늘리고, 여행 기간을 늘려 나갔다.

하지만 아니다.
아니었다.

여행이란 건, 삶이라는 건 그렇게 단순하지 않았다. 단 한 번의 여행으로 평생 살아갈 힘을 얻기도 하고, 여러 차례에 걸쳐 꽤 오랜 여행을 하고서도 빈손으로 돌아올 수도 있다.

답이란 게 있으면 쉽게 찾을 수 있겠지만, 정답이 없으니 모든 걸 내려놓을 때에야 깨닫게 될지도 모른다. 나는 내려놓지 못해 아직 헤매고 있나 보다.

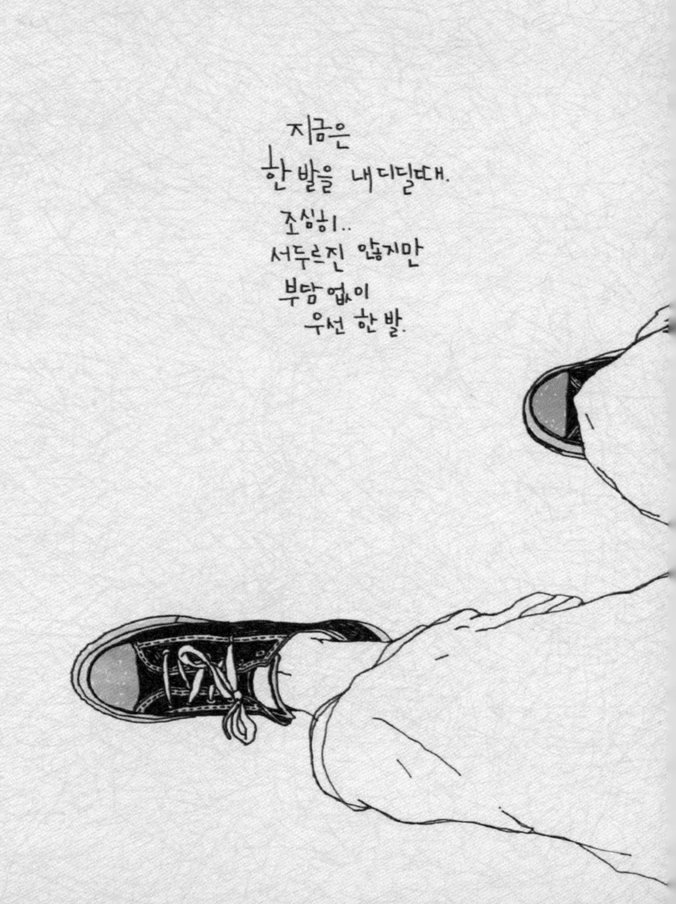
지금은
한 발을 내디딜때.
조심히..
서두르진 않지만
부담 없이
우선 한 발.

저는 지금
가만히
지켜봅니다
세상의
소리를
들으며
때를
기다
립니
다.

누구에게나 인생은 특별하지만,

저마다 비슷하게 살아간다.

정해진 길로만 간다면 따분하잖아

일 년에 한두 번의 여행을 위해
나는 번번이 망설이고 번번이 설득하고 매번 설득당한다.

"돈 좀 모아야지. 치솟는 전세 값은 어쩔 거야?
이렇게 대책 없이 써 버리다가 나중에 큰일이라도 생기면
어떻게 감당하려고 그러니?" 하고 꾸짖으며 현실을 직시하라는 나.

"돈 많다고 행복한 삶은 아니지?
좋은 차와 번듯한 집이 있다고 멋진 인생은 아니잖아. 인생 뭐 있겠어,
추억이 곧 재산!"이라고 주장하며 여행을 가겠다는 나.
이 둘은 늘 부딪치고 싸운다.

싸움의 끝은 거의 여행을 가겠다고 주장하는 쪽이 이긴다.
그 덕분에 통장에 잔고가 없고 대신 많은 추억이 재산으로 쌓인다.
이제 또 다시 난 추억을 저축하러 떠난다.

많은 것을 채우지 않아도 좋다.
오히려 비우고 오는 것이 좋다.

아무것도 아니어도 좋다.

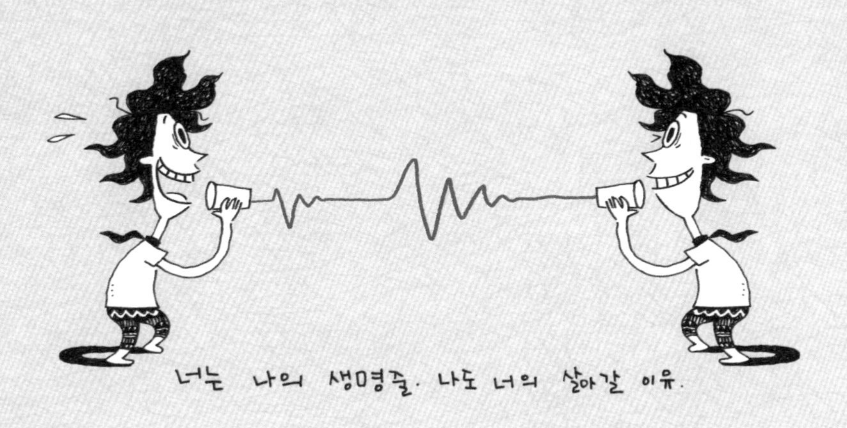

너를 아껴 푸르다

실패할 일 없는 계획을 짜는 법

인생 살아 보니 계획대로 되는 건 하나도 없더라구요.

그래서 되는대로 살아보는 게 제 계획입니다.

내가 가진 것 중
버릴 수 있는 것이 있기나 할까

출국 날이 다가온다.
몇 달 전부터 싸고 풀기를 되풀이하던 배낭을 다시 풀어서 헤친다.
여행에서 가장 큰 문제는 무거운 배낭이다.

꼭 필요한 것만 챙긴다고 챙겨도 막상 떠나면 늘 어깨에 부담이 되는 무게다.
두어 벌의 옷과 그림 도구, 꼭 필요한 전자 제품들을 제외하면
다른 것들이 뭐 그리 중요할까 싶지만 짐을 싸다 보면 가방은 어김없이
꾹꾹 채워져 빵빵해진다.

반드시 필요하지는 않아도 버릴 수 없는 게 있다.
결코 포기할 수 없는 것이 있다.
그래, 그렇다면 함께하자.
어차피 그것 또한 내의 짐이니
함께 걸아야지.

혼자 걸어도 외롭지 않을 것이다.
너를 따라 걷는 바람과 옆에서 쉬지 않고
말을 거는 풀, 새 들이 있다.

걷다 보면 울음이 멈출 것이다.
웃고 있는 얼굴 안에서 울고 있는 너에게
너를 스쳐가는 모든 것이 응원을 보낸다.

시간은 제자리로 되돌려 놓을 것이다.
지금 너의 짐도 꿈도 전부
제 갈 길로 찾아간다.

그냥 잘 살아갈 것이다.

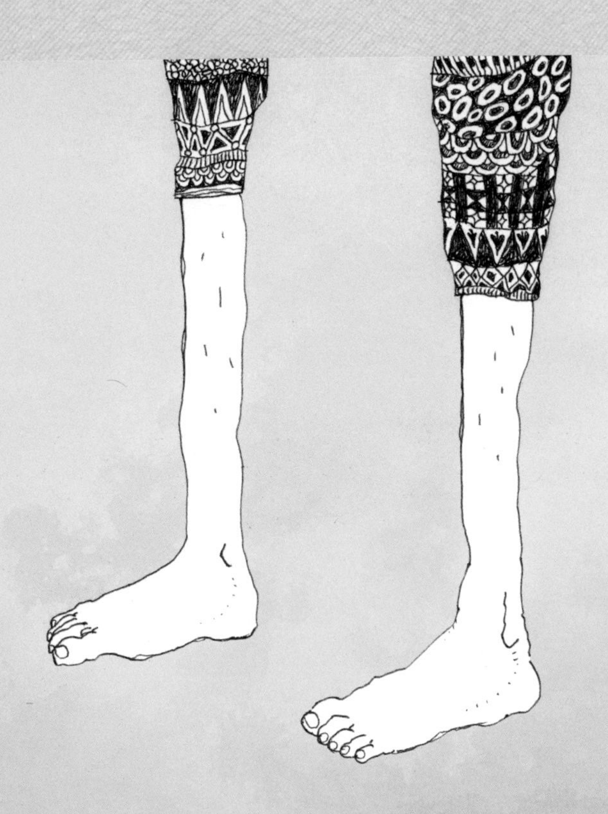

코끼리를 만났다.
구름 속을 달렸다.
물에 사는 괴물을 보았고
하늘을 나는 괴수와 싸웠으며
요정을 만나 달빛에
춤추기도 했다.
이불 속에서만 펼쳐지던
일들이 내게도 일어났다.
난… 여행을 떠났다.

차례

내가 보고 있는 곳이 너와 같은 곳이길/라오스

너의 시간 속 나의 기억은 어디쯤인가요/다시 태국

딱 필요한 만큼만 부지런해지기

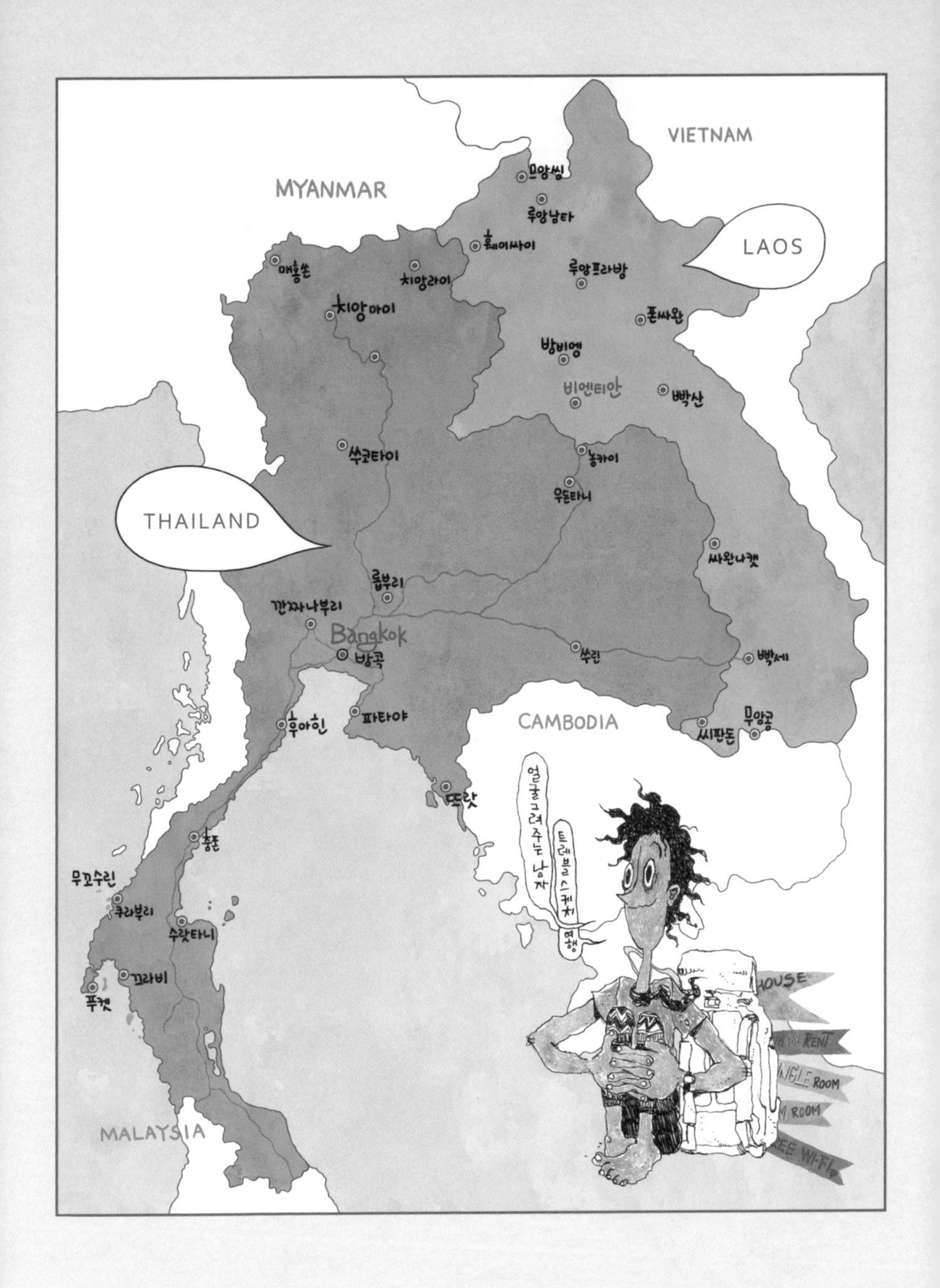
VIETNAM
MYANMAR
LAOS
THAILAND
CAMBODIA
MALAYSIA
므앙씽
루앙남타
훼이싸이
루앙프라방
매홍쏜
치앙라이
치앙마이
폰싸완
방비엥
비엔티안
빡산
쑤코타이
농카이
우돈타니
싸완나켓
롭부리
깐짜나부리
Bangkok
방콕
쑤린
빡세
파타야
후아힌
씨판돈
무앙콩
뜨랏
춤폰
무꼬수린
쿠라부리
수랏타니
끄라비
푸켓
얼굴그려주는 남자
트레블스케치
여행
HOUSE
RENT
ROOM
ROOM

나의 진짜 여행을 찾아서

몇 번이나 길을 잃었는지 모른다.

얼마나 많은 사람의 손짓을 받았는지 셀 수도 없다.

길에서 잠들 때도 있었고, 돈을 잃어버리고 방황할 때도 있었다.

세상의 모든 신을 수백 번 외치던 폭우 속 배 위에서도

아무도 없이 버려진 오래된 사원에서도

아름다운 관광지에 넘쳐나는 사람들 속에서도

나는 진짜 여행을 찾지 못했다.

비행기가 떴다
나도 떴다

무거운 배낭이 볼록한 배로 뒤뚱거린다. 여행의 출발은 대문을 나서는 첫걸음에서 공항버스를 타는 것으로 이어진다. 아직은 내 마음처럼 익숙하지 않은 묵직한 배낭을 메고 집을 나선다.

몇 번이고 꼼꼼하게 집단속을 했는데도 불안한 마음이 가시지 않는 건, 여행 때마다 겪는 증상이다. 베란다의 화분들은 다른 집으로 보내고, 인터넷 정지, 휴대폰도 정지. 수도는 얼지 않게 한 방울씩 똑똑 틀어 놓고 보일러는 외출로 맞추어 놓았다.

지인에게 나 없는 동안 한 번 와서 우편물을 수거해 달라는 부탁까지 해 놨으니 제법 철저하게 준비를 마친 셈이다. 그러니 더 이상 걱정은 말자고 나를 다독이며 집을 나선다.

사람들이 북적이는 지하상가를 지날 때면 커다란 여행 배낭의 별다름에서 오는 부끄러움 때문인지 발걸음이 빨라진다. 겨울이 시작된 지 이미 오래지만, 열대기후의 나라로 가기에 얇은 바지를 세 겹이나 겹쳐 입고, 반팔 티셔츠 위에 바람막이, 그 위에 다시 긴팔 덧옷을 껴입고 있으니 나를 바라보는 사람들의 시선이 묘하다. 하지만 당분간 이 곳은 안녕이라는 생각에 피식 웃음이 나온다.

비행기에 올라타서 가방을 곱게 내려놓으니 그제야 긴장이 조금씩 밀려온다. 이제부터는 여행의 시간이다. 시간의 흐름을 감히 내가 조정하거나 바꿀 수는 없지만 그 시간을 어떻게 쓸지는 전적으로 내 몫이다.

비행기가 떴다.
나도 떴다.

오랜만에 만난 친구가 말했다.

"세계를 돌아다니며 경험을 쌓으려고 알아 봤더니 족히 이 년은 걸리더라고

그래서 어찌해야 할지 정말 고민이야. 너도 알다시피 이 년 후면 나도 서른이

훨씬 넘어 버린다고."

나는 친구에게 말했다.

"여행 떠나지 못한 이 년 뒤에 넌 몇 살이 될 건데?"

"어서 빨리 서두르세요.

조금 더 늑장 부리면

제가 남긴 기억의 부스러기만

찾게 될 거예요"

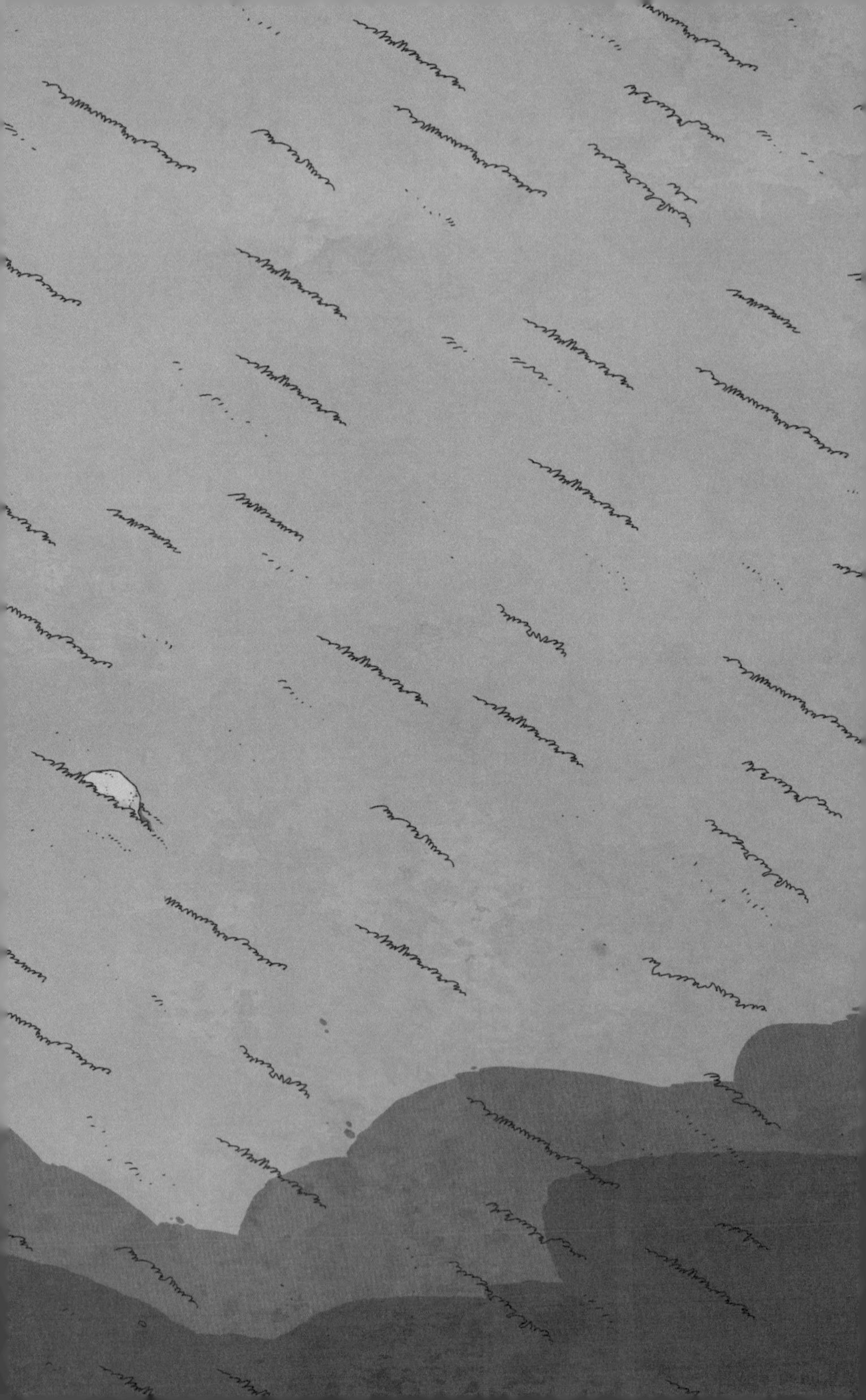

살아가기 위해
우린 늘 움직일 수밖에

나는 왜 행복하지 않은지에 대해 생각하기 전에
나는 왜 행복해지려고 노력하지 않는지에 대해 생각해 보아야 한다.
노력하지 않고 얻는 건 세상에 없다.

로또에 당첨되고 싶다면 생각만 하지 말고 꾸준히 로또를 구입해야 하고,
자기가 하는 일에서 인정받는 사람이 되려면 십 년은 족히 몸 바쳐 일해야
결과가 나오기 시작한다.

하지만 우리는 그런 것들을 누구보다도 잘 알고 있지만
곧잘 잊어버리고, 행동으로 옮기는 것에는 몸이 천근만근이다.

처음엔 좀 그랬지만 사랑하게 되었어

태국 하늘이다. 이제는 익숙할 만도 한데도 늘 긴장되는 입국 수속을 마친 뒤, 에어컨 없는 공항 밖으로 나오자 추위에 익숙해져 있던 몸이 어쩔 줄 몰라 한다.

찐득한 열기가 훅~ 다가온다. 더운 공기가 태국에 왔음을 알려준다. 택시를 타기 위해서 요금을 두고 택시 기사와 신경전을 벌이던 예전과는 달리 깔끔하게 시스템화된 공항택시(물론 가격이 좀 더 비싸다)를 탄다.

여행을 할 때에는 되도록 택시를 타지 않지만, 저가 항공을 이용하면 대개 버스도 지하철도 끊긴 밤늦은 시간에 방콕에 도착하기 때문에 택시 말고는 별다른 수가 없다.

"카오산 로드요."
짧게 목적지를 말하자, 택시 기사는 이미 내가 갈 곳을 알고 있었던 것처럼 망설임 없이 출발한다.

카오산 로드. 태국 여행의 중심이자 배낭 여행자들의 성지다. 여행 좀 다녀 본 사람이라면 한번쯤 들어 보거나 다녀온 곳이다. 처음 이곳을 만났던 십여 년 전에는 정신없고 지저분하고 시끄럽고 매연 가득한 이곳이 싫었다. 그때만 해도 나는 여행 초짜에다 단순한 관광객이나 다름없었다. 그런 만큼 여행의 의미를 제대로 모르던 때라서 이곳의 여유로움과 무질서의 질서를 받아들이지 못했다. 그런 나에게 카오산은 그저 카오스Chaos, 혼란 그 자체였다.

하지만 이제는 복잡하고 시끄러운 카오산이 가장 편하고 느긋한 곳이 되었다.

현지인과 여행자가 조화를 이루고 싼 가격에 의식주가 한꺼번에 해결되는 이곳은 배낭 여행자들의 천국이다. 교통 체증도 이제는 고개가 끄덕여지고, 길거리에서 때우는 한 끼 식사도 아주 맛나다. 카오산 로드를 오가는 사람들과의 멋쩍지만 다정한 눈인사가 이곳에 온 까닭을 다시 깨우쳐 준다.

게스트하우스에 도착해서 짐을 풀자, 고향에 돌아온 것처럼 마음이 놓인다. 내일부터는 기다리던 하루하루가 시작될 것이다.

방콕의 밤은 짧다.

오늘의
첫끼.

더 높게
더 크게
더 많이
돈보다는
마음을
더 키우세요
HONDA
TURBO

어딜 그리 바삐 가십니까?
오늘 배달할 물건이 많으시네요
이 일은 얼마나 하셨나요?
벌써 그렇게나 되셨다구요!
바쁘다. 바쁘다.
짐을 가득싣고 마을로 돌아가는
아주머니의 얼굴에는 힘듦보다는
기대가 넘쳐난다.
아마도 배달이 끝나고 마지막
집으로 가져갈 무엇이 있기 때문
이겠지. 누군가 기다리고
있기 때문이겠지.
PANTEN
TV
SUNG
Citr

뭐든지
처음은 설렌다

새들의 수다 소리에 잠에서 깬다.

잠깐, 여기가 어디지 하는 순간 여행지임을 깨닫는다.

반쯤 열린 창문으로 쨍한 햇살과 경쟁이라도 하듯 지저귀는

새소리가 허락도 없이 쑥~ 들어온다.

7시가 조금 지난 아침이다.

평소 같으면 눈을 뜨자마자 다시 눈을 감아 버릴 시간이다.

먹다 남은 생수 통을 비운 뒤 씻지도 않고 밖으로 나선다.

이른 아침인데 거리에는 벌써 생기가 넘친다.

"사와디 캅~."

만나는 사람마다 웃음이 퍼진다.

급할 것 없으니 걸음도 느리다.

지나가는 개가 나와 눈 한 번 마주치고는 종종거리며 다시 제 갈 길을 간다.

이제 막 가게를 여는 아주머니도 느긋하다.

햇살이 나뭇가지에 앉아 흔들거린다.

향내가 퍼져 나오는 거리를 일없이 천천히 걸으며 아침 풍경을 구경한다.

그들에게는 늘 똑같은 아침이겠지만, 나에겐 색다르고 그립던 아침이다.

새로운 소식은 없어요.
보이는 것처럼 늘 똑같아요.
다만 조금 더 색 바래고

조금 더 나이 들었을 뿐이에요.

실망이에요?
새로운 소식은 없지만
나에겐 당신이 왔다는게
반가운 소식이에요.

당신을 그리는 게 아닙니다
당신의 삶을 맞이하는 거예요

재능이 어느 정도인지 알게 되었어요.
그림을 그린다는 것, 내 생각을 그림으로 표현한다는 건,
세상에 존재하는 것이든 존재하지 않는 것이든 무엇이든
그릴 수 있다는 건 정말 멋진 일이죠.
책상에서도 지하철에서도 심지어 길에서도 그림을 그릴 수 있죠.
근데 이 재능을 이제껏 먹고살기 위해 썼죠.
의미를 찾을 수 없어서 때론 우울했어요.
내 재능과 그림이 가장 돋보일 때는 언제였을까요?
그림이 필요할 때가 언제일까요?
바로 당신을 그릴 때입니다.
내 손으로 당신이 세상에 다시 태어나는 지금 이 순간.
당신의 살아온 인생,
당신의 전부가 나에게로 오는 순간.
저는 얼굴 그려 주는 남자입니다.

지금 눈앞에
봄이 있다.

서두른다고
해결되지 않는 것도 있다오
가끔은 천천히
움직이는 것도 좋지요.

'아, 그때 떠날 걸' 하고
후회한다면
지금도 늦지 않았음을
깨달아야 할 거야.
다시 똑같이 후회하기 전에 말이야.

후회는 아무리 빨라도 늦다.

사랑은 그렇게
흘러가는 거야

"너, 왜 혼자 놀고 있니?"
아침 햇살이 오후로 넘어가는 시간에 이제 막 걸음마를 뗀 아이는 빙글빙글 돌아가는 의자를 놀이터 삼아 혼자 놀다가 나에게 딱 걸렸다. 카오산 로드에서 멀지 않은 곳에 있는 탐마삿 대학의 어느 작은 건물에서 그 아이를 만났다.

탐마삿 대학은 아침을 먹기 위해 더러 찾아가는 곳이다. 이곳 구내식당은 싼값에 다양한 종류의 반찬을 골라 먹을 수 있다. 밥값이 워낙 싸서 학생뿐 아니라 주변 사람들도 자주 애용한다. 소문 듣고 찾아온 여행자들도 간간이 눈에 띈다. 숙소에서 일어나 설렁설렁 걷다가 아침을 해결하고 산책 삼아서 캠퍼스를 구경하며 커피까지 마시면 호텔 조식도 부럽지 않다.

산뜻한 대학생들 틈에서 캠퍼스를 구경하며 돌아다니다 화장실을 찾아 한 건물 안으로 들어가다 한 아이와 마주쳤다. 주변을 둘러보니 보호자는 물론이고 지나는 사람도 하나 없었다. 아이는 의자 위에서 빙글 돌다가 내려와 다시 의자 위로 뛰어오르며 놀고 있었다. 대단한 놀이라도 발견한 것처럼 웃으며 노느라고 나 따위는 안중에도 없었다.

복도를 제집 안방처럼 혼자 차지하고 놀고 있는 아이가 걱정되기도 하고 그 모습이 하도 귀여워 화장실 가는 것도 잊은 채 쳐다보고 있었다.

불현듯 떠오르는 생각에 가방을 열어 스케치북과 펜을 꺼냈다. 이리저리 몸을 흔드는 아이를 그리는 건 여간 어렵지 않지만 그런 건 중요하지 않았다.

쓱쓱 거침없이 아이의 얼굴을 그렸다. 이상한 아저씨가 자기를 계속 보며 뭔가를 하고 있으니 아이도 신기한 듯 이제야 나를 바라보았다.

하얀 스케치북에서 어느새 웃고 있는 아이가 태어났다.
완성한 그림을 뜯어서 아이에게 슬며시 건넸다.

이때가 내가 가장 긴장하는 순간이다. 혹시나 싫어할까, 마음에 들지 않으면 어떡하지, 울면 어떡하지……. 많은 사람을 그려 주었지만 이 순간은 언제나 숙제를 검사받는 아이처럼 긴장되고 떨린다.

그림을 받은 아이는 갑자기 의자에서 뛰어내리더니 밖으로 달려가 버렸다. 놀란 나는 잠깐 아이의 모습을 쫓다가 놓쳤다. 아이가 웃었는지 울었는지 확인할 시간도 없었다. 기억을 오래 담아 두지 못하는 내 머리는 사진이라도 찍어 놓아야 잊지 않고 기억할 수 있는데 카메라를 꺼낼 시간도 없이 아이가 사라져 버려서 못내 아쉬웠다.

몇 초나 지났을까. 경비복을 입은 나이 지긋한 아저씨가 아이를 안고 나타났다. 다행히 아이는 웃고 있었다. 달려가 그림을 보여 주고는 아저씨를 데리고 온 것 같았다. 아이가 손가락으로 나를 가리키며 옹알거리자 아저씨가 나에게 감사의 인사를 건넸다.

사실 아저씨라고 하기에는 나이가 꽤 들어 보이는데 환하게 웃는 모습이 개구쟁이 같았다. 서로 말은 통하지 않았다. 짧은 단어와 몸짓으로 알게 된 건 아이가 손녀라는 것, 엄마는 새벽부터 일 나가서 아이를 일터인 학교로 데리고 와서 봐 주고 있다는 것이었다.

"씩씩해요. 엄마가 없어도 울지 않고 잘 놀아요."
아이를 보석처럼 바라보는 아저씨의 눈은 포근하게 반짝거렸다. 어떻게 엄마 없이도 잘 놀게 되었을까. 한 번 울고 두 번 울고, 그렇게 계속 울어도 엄마가 오지 않는다는 것을 본능적으로 알게 된 아이는 어느 순간 우는 것을 멈추었을 것이다. 우리가 의사소통을 하는 동안 아랫입술을 삐쭉거리며 다시 의자 위로 뛰어올랐다.

내가 쑥스럽게 웃으며 그 자리를 뜨려고 하자 아저씨는 차라도 대접하겠다고 한사코 나를 붙잡았지만, 아이를 한 번 더 바라보고는 건물을 빠져나왔다. 떠나는 나를 끝까지 놓지 않는 아저씨 눈길에 그 날의 그림이, 나의 잔재주가 새삼 고마웠다.

그림을 받고 기뻐하는 사람은 아이가 아니라 아저씨였다. 언제나 그림의 주인공보다 그 주인공을 사랑하는 사람들이 더 고마워하고 기뻐한다.

사랑이란 그런 것 같다.
나보다는 너라는 것.

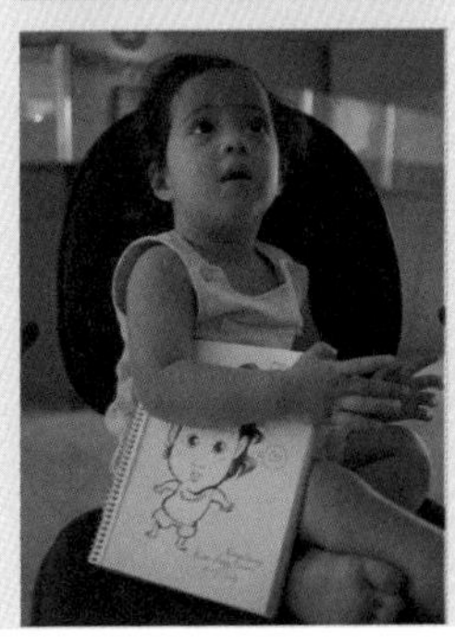

이루어져라
너의 소원

여행을 하다가 기분이 내키면 **그림**을 그려 줍니다.

무턱대고 그리지는 않습니다.
그리고 싶은 사람이 생기거나, 감사한 마음이 들거나,
그냥 예쁘거나, 막 귀엽거나, 왠지 끌리거나 그러면
자연스레 스케치북에 손이 갑니다.
소소한 그림을 주고 마음을 받습니다.
잠시 서로를 바라보고 느낄 수 있는 얼굴 그려 주는 이 작업이
저의 여행을 더욱 풍요롭게 해 줍니다.
대단하지도 않은 이 일이 바로 저의 여행입니다.

그를 만난 건 숙소 쓰레기통 옆이었다.
노인의 덥수룩한 수염과 때 묻은 얼굴엔 고뇌하는 표정이 가득했다.
긴 시간을 꼼짝 않고 그곳에 있었는지, 움직일 힘이 없는 건지
눈만 끔벅거릴 뿐 미동도 하지 않았다.
하지만 또 그렇게 살아지는 하루다.

별일 없다면
별일 있게

"요즘 어떻게 지내? 별일 없지?"

"뭐, 늘 똑같지. 별일 있겠어."

오랜만에 만난 친구의 물음에

내 대답은 늘 똑같다.

세상 살아가는 게 별일 없이 사는 게

좋은 거 아닌가 싶다가도

인생이 뭐 이리 심심할까 싶은 생각이 들기도 한다.

바뀌는 것도 없고

특별한 일도 없고

즐거울 때도 없어서

보답하러 길을 떠난다.

"그래 그 곳은 어때? 별일 있어?"

너와
나는 지금
같은 시간.
같은 온도.
같은 사람.

가진 것과 놓친 것

중요한 것은 것이 아니라

그 속에 담긴 마음이겠지요.

듣지도 말하지도
보지도 않는다는 게
인생이라니

실수가 없었다면,
나는 태어나지도 못했어

목적 없이 카오산 거리를 걷다가 더위도 식힐 겸 길거리 식당에 앉았다. 여행자가 많이 지나다니는 길목이어서 손님은 거의 외국인 관광객이다. 동네 슈퍼 앞에 있을 법한 플라스틱 식탁과 의자는 오래된 탓에 삐걱거리고 녹이 슬었다. 사실 어디에다 손을 올려놓아야 할지 고민이 될 정도로 지저분해서 어정쩡하게 앉아 있다.

장사가 잘되는 이 집은 오래전부터 다니던 곳인데 값도 싸고 맛도 좋아 여행자들 사이에서는 이미 유명하다.

내가 여기에 올 때마다 의아한 것은 이렇게 오랜 기간 꾸준히 많은 외국인을 상대하면서도 주문받는 직원들이 번번이 손님 대하기를 주저하며 서로에게 미룬다는 것이다. 외국인이 자리에 앉으면 서로 눈빛을 주고받으며 "네가 가라, 싫어 네가 가라" 하고 보이지 않는 실랑이를 한다. 그 모습이 정겹다. 마지못해 쭈뼛거리며 다가온 직원에게 간단한 음료와 음식을 주문하고 기다리는 동안 구경한다. 좁은 노점에 탁자들이 다닥다닥 붙어 있고, 더러 자리가 부족해서 손님들이 합석을 하는 상황이라 정신이 없다.

그러다 보니 음식 배달 사고가 속출한다. 불러도 주인이 없는 음식도 있고, 바나나를 잘게 썰어 올려 주는 바나나 팬케이크를 시켰는데 바나나는 사라지고 팬케이크만 왔다고 따지는 손님도 있다. 주인을 잃은 음식과 음료들은 갈 곳을 잃고 헤매다가 직원들의 입 속으로 들어가기도 한다. 잘못 주문된 음식을 돌려보내는 외국인과 눈이 마주친다. 어깨를 한번 으쓱하더니 이내 웃고 만다. 그 외국인도, 직원도 짜증을 내지 않고 다시 주문을 넣는다. 이런 와중에 내가 주문한 음식은 제대로 제시간에 나왔다.

실수는 우리를 당황하게 만들고 반성하게 만든다. 살면서 저지르는 수많은 실수는 사라진 줄 알았던 바퀴벌레가 예고 없이 나타나듯이 불현듯이 닥치곤 한다. 더러 그런 실수 덕에 신중함을 배우고 새로운 길을 발견하기도 한다. 작은 실수가 없었다면 더 큰 일을 그르칠 수도 있었을 것이며, 실수 덕에 만들게 된 획기적인 발명품들도 나오지 못했을 것이다.

나는 실수를 담대하게 맞이한다.

머리 한 대 꽁 쥐어박고 금세 털어 버린다.

다시 또 같은 실수를 저지르더라도 나를 다독여 줄 것이다.

괜찮다고 말해 줄 것이다.

실수로 되돌아가는 길에서 만나는 삶의 또 다른 풍경을

두려워하지 않으리라.

그래서 이번에는 머리도 꽁 쥐어박지 말아야지.

나에게
딱 걸렸어

왜 여행을 가지?

힘들고 불편하고 돈도 잔뜩 쓰잖아.

말도 잘 통하지 않고

가끔은 무시당하고 길을 잃어 헤매고

씻지도 못하는 장시간 버스를 타고

식사도 제대로 못하고

모르는 사람을 만나도 웃어야 하고

뭘 먹을지, 어디서 잘지, 어떻게 가야 할지

고민, 고민 또 고민을 해야 하는 여행이

뭐가 좋다고 또 떠나지?

그래. 그런 것들 때문에
떠나는 거야.
너도 잘 알고 있구나.
사실 너도 떠나고 싶지?

고작 작은 기억일 뿐일지라도
어쩌면 그것만으로 충분할지도
몰라.

두려워 마라
너의 길이다
BEAUTI SHOP

지금이 가장

처음 만났지만
우리는 알고 있었어

카오산에는 세계 각국의 배낭 여행자들이 날마다 쏟아져 들어오고 또 바삐 옮겨간다. 정신없이 빠르게 돌아가는 카오산의 시간 때문인지 여행자들은 최선을 다해 여행을 즐기고 느끼고 이야기한다.

카오산 로드에서 살짝 벗어난 노천 라이브 카페에서 우연히 다른 여행자들과 한자리에 앉게 되었다. 그들 중에 콧대가 높아서 얼굴에 코만 붙어 있는 것처럼 보이는 영국 사람이 있었다. 그의 가운데 손가락 정면에는 "코끼리"라고 한글로 타투가 새겨져 있었다. 신기해서 왜 이런 타투를 했느냐고 물었더니 코끼리도 좋아하고 한국도 좋아해서 새겼다며 자랑스럽게 타투를 보여 주었다. 이 모습을 지켜보던 짧은 금발의 젊은 호주 여자가 잠시 머뭇거리더니 뒤돌아 윗옷을 살짝 걷어서 올렸다. 허리 부분에 한글로 "애마"라고 적혀 있었다. 그 자리에 있던 사람들이 탄성을 지르며 일제히 엄지를 치켜들었다. 이름이 "엠마"인 그는 한국에서 영어 강사를 하며 산 적이 있다고 했다. 누군가 조심스럽게 "애마"는 한국에서 조금 얄궂은 의미로 해석될 수도 있다고 하니, 그는 씽긋 웃으며 바로 그걸 노렸다고 떳떳이 말했다. 덕분에 서먹하던 그 자리가 유쾌해졌다. 엠마는 한국을 사랑했고 그리워했다.

내가 언제나 여기 이곳을 그리워하는 마음과 같은 느낌이리라.

우리는 마음껏 웃었다. 서로 말은 안 했지만 다시 만나지 못할 것을 알고 있었다. 여행 일정이 다르고 여행 방식이 달라서도 그렇지만, 뭐보다 이곳이 카오산이기 때문일 것이다. 낯선 여행지에서 만나는 이 감정들로 카오산의 밤은 길지만 시간은 짧았다.

CP
ลด
สะอาด
ปลอดภัย
ได้มาตรฐาน ซีพี

누구나 늘 그리운 곳이 하나 있다면

나는 그곳이라고 말 할 거다.

그리고 그곳이 시작점이다.

카오산 로드는 끝이자 시작인 곳이다.

배낭을 멘 자들에게는 그런 곳이다.

사람이
사람을 부른다

살면서 꼭 만나야 될 것 같은 사람이 있나요?

헤어지면서 언젠가는 꼭 다시 만나게 될 거라고 아니 꼭 만나고 싶다고

생각한 사람. 그런 사람을 마음에 품고 사는 건 꽤 낭만적이죠.

여행지에서 만난 사람을 다시 만나기란 쉽지 않아요.

하지만 불가능한 일은 아니죠.

언젠가 또 다른 여행지에서 또 다른 나라에서 운명처럼 다시 만나는

이야기는 생각보다 많이 일어나거든요.

그건 그 사람들이 아직 걷고 있다는 뜻이겠지요.

아직도 꿈꾸고 있다는 것이겠지요.

001:2

650
나우로 된 버스 바닥.
먼지 잔뜩 쌓인 선풍기.
창운틀에도 바닥에도
온통 먼지와 찌든 때.
그 속에서 편안함을 느끼는 건
이상한 걸까?
더위도 잠시 머물다 가는
오래 된 버스 안.

잠들지 못하고 서성거린 밤이 있나요.

새벽에 깨어

당장이라도 달려가 본 적이 있나요.

진통제 효과가 떨어진 환자처럼

참지 못하고 달려갑니다.

너에게 달려갑니다.

낡은 재봉틀은 쉴 틈이 없다. 우연히 마주친 재봉질하는 소녀는 내가 머문 짧은 시간 동안 한 번도 나를 쳐다보지 않았다. 지금 만들고 있는 새 옷보다 낡은 소녀의 옷이 더 빛나던 시간.

태국을 여행하며 번화가에 나가면 어김없이 보이는 사람들이 있다. 검은 머리를 단정하게 가르마로 가르고 포마드를 바른 기름진 머리, 검은 살갗에 쌍꺼풀이 짙은 큰 눈, 깔끔히 면도를 했지만 얼굴을 뒤덮은 수염자국이 선명한 사람들. 인도 사람들이 그들이다.

더운 날에도 잘 다려진 흰 와이셔츠에 정장 바지를 깔끔하게 차려 입고 구두를 신은 다양한 정장 차림의 사람들이 사진을 들고 호객을 한다. 관광객이 눈에 띄면, 그들은 끊임없이 말을 걸고 웃으며 사진을 들이민다.

"헤이, 프렌드. 멋진 옷이 필요하지 않아?"
특유의 인도 발음이 나를 붙잡는다. 어떻게 해서 이들 인도 사람들은, 그것도 꽤 많은 사람이 먼 타국에 와서 정장을 만드는 일을 하게 되었을까? 궁금해서 물어 보고 싶지만 그랬다간 어느새 내 손에 정장이 쥐어져 있을 것 같은 생각이 들어 이내 궁금증을 거두어들인다.

남의 나라에 와서 터 잡고 사는 사람들이 생각보다 많았다. 식당과 게스트하우스를 하는 한국인, 금은방을 하는 중국인, 스시 집을 하는 일본인, 여행사를 하는 프랑스인 등 다양한 나라에서 온 외국인들이 동남아시아에 정착해서 부지런히 삶을 꾸려 나간다. 이처럼 자기 사업을 하는 외국인들도 있지만, 돈을 벌기 위해 취업하러 적은 임금을 견디며 힘든 일을 하는 외국인들도 있다.

손님이 나간 테이블을 분주히 정리하는 그는 미얀마에서 왔다. 곱게 빗은 머리와 옷차림은 단정하고 깨끗했지만 오래된 옷에서 묻어나는 세월의 흔적까지 씻어내지 못했다.

막 스물이나 되었을까. 앳된 그의 얼굴에 다나까(강렬한 햇살로부터 피부를 보호하기 위해 바르는 천연 화장품으로 미얀마를 상징한다)를 하지 않았다면 미얀마 사람이란 걸 모를 뻔했다.

몇 명 안 되는 손님이 빠져나간 틈을 타서 그와 짧은 대화를 나누었다.
"밍글라바~."
미얀마 인사말을 건넸다.
"밍글라바~! 오늘은 손님이 별로 없네요."
고국 인사말에 그가 활짝 웃으며 대답했다.
"이런 날도 있어야 조금 쉴 수도 있겠죠."
내가 대답했다.
"그렇긴 한데, 너무 없으면 주인 눈치
때문에 더 힘들어요."
그는 말을 마치면서 주인이 있는 쪽으로
슬쩍 고개를 돌려 살핀다.

내가 던진 미얀마 인사 때문이었을까, 그는 바람이 부는 방향으로 얼굴을 돌린다. 스물네 살의 그는 삼 년 전에 태국으로 왔다. 미얀마 시골에 부모님과 동생들이 있고, 가족을 위해 이곳에 왔는데 생각보다 돈을 모으는 게 쉽지 않아 힘이 든단다.

새벽부터 늦은 밤까지 일하지만 한 달 수입은 우리나라 돈으로 고작 이십만 원 남짓이다. 서글프지만, 새삼스런 사연은 아니다. 우리나라에서 힘든 일을 하는 외국인 근로자들도 모두 비슷한 처지이니까 말이다.

나는 고등학교 때부터 몇 년 동안 공장에서 일한 적이 있다. 그 때 많은 외국인 근로자와 함께 일했다. 조선족부터 방글라데시, 카자흐스탄, 필리핀 등 나라도 다르고 언어도 달랐지만 그들은 목표와 꿈은 같았다. 고국에 있는 가족의 생계를 위해 쉬지 않고 일했다.

"그래도 일을 할 수 있다는 게 저는 기뻐요."
그는 마른 눈물이라도 나올까 싶어 금세 감정을 털어 버리곤 탁자를 닦는다. 그러더니 주인이 부르는 소리에 재빠르게 달려가 버린다. 그가 닦은 탁자가 깨끗해졌다. 그의 덕에 깨끗해진 건 탁자뿐만은 아닐 것이다.

"뭐가 되려고
그렇게 힘들게 살아?"

이렇게 힘들게 살아도 결국은 나밖에 되지 않잖아?
우리 좀 쉬면서 하늘도 쳐다보고 살아요.

배낭에 대한 짧은 생각

내 배낭은 70리터에 10리터를 더한 80리터짜리 대용량 배낭이다. 장기 여행자이고 싶은 마음에 제법 큰 배낭을 구입했다. 배낭은 40리터, 60리터, 80리터로 세 번의 진화를 거쳤다. 작은 내 몸집에 비해 점점 더 거대해져 갔다.

배낭이 커질수록 불필요한 짐들도 늘었다. 언제나 그렇듯 여행을 준비하면서 짐을 최소한으로 꾸리겠다고 다짐에 또 다짐을 하지만, 80리터 가방은 빈 공간 하나 없이 꽉꽉 채워지곤 한다. 어김없이 배낭은 무거워졌고 내 어깨는 힘겨워했다.

어쩌면 배낭의 변화 과정은 내 삶과 닮아 있는지도 모르겠다. 이백만 원 달랑 들고 처음 서울로 올라왔을 때는 책상 하나, 이불 한 채, 낡은 컴퓨터 한 대가 전부이던 반지하 단칸방이 이제는 넓어지고 넓어져서 방 셋에 화장실 둘인 집으로 바뀌었다. 당연히 살림살이도 커지고 늘어났다.

전부 메고 지고 다니기가 무겁고 버거워서 버리고 싶은 마음 가득하지만 삶이란 게 그럴 수만은 없다. 버릴 것도 뺄 것도 없는 내 집도, 내 배낭도 그렇게 내삶과 닮았다.

버텨야 한다. 인생도 여행도 똑같아.

하나가 쌓이면
하나가 버려진다

짐을 지고 살아간다.

누구나 짐을 지고 살아간다.

크기와 양의 차이는 있지만

느끼는 짐의 무게는 같다.

우리는 그 짐을 지고 살아간다.

오늘 내가 해야 할 일은 짐을 버리는 것이 아니라

짐과 함께 살아가는 좋은 방법을 찾는 것이 아닐까.

짐이 아니다. 너의 '꿈'이다.

두 번
읽는 책

먼 길을 떠날 때 고민하는 것 중 하나가
어떤 책을 가져가느냐 하는 것이다.

책은 생각보다 무겁다. 그래서 많이 가져가지도 못하지만
여차하면 여행지에 버리거나 두고 오기도 한다.

오래오래 천천히 읽기에 좋을 책,
두 번 읽어도 좋을 책,
머리 아프게 하지 않을, 그렇다고 가볍지도 않을
책 한 권을 고르는 것 또한 쉽지 않다.

이것도 작은 집착이다.

눈 마주치지 마세요
얼굴 굳어요

오래전 일이었다. 치앙마이로 가려고 배낭을 꾸려 방콕 훨람퐁 기차역에 도착했다. 언제 지어졌는 지도 모를 만큼 낡은 역사 안에는 사람들로 넘쳤다. 의자뿐 아니라 지저분한 타일 바닥에까지 사람들이 앉거나 누워 있어서 마치 대피소 풍경 같았다.

서서 줄을 긴 시간 기다리다가 매표구에 얼굴을 들이밀자, 딱딱하게 굳은 얼굴의 매표소 직원이 매정하게 한마디 던졌다. "오늘 치앙마이 가는 표는 매진입니다."

당시만 해도 지금 같은 인터넷 예매는 없고 현장 구매만 가능하던 시절이라서 직접 찾아가는 것 말고는 다른 방법이 없었다. 막막했다. 계획이 틀어지는 순간 무거운 배낭이 더욱 무겁게 어깨를 짓눌렀다.

그때 옷을 말끔하게 차려입은 인상 좋은 아저씨가 나를 불렀다. 안내원이라고 적힌 목에 찬 표찰이 눈에 확 들어왔다. 안내원 아저씨는 오늘 치앙마이 가는 기차는 모두 매진되었고 요즘은 며칠 전에 미리 표를 끊어 놓아야 한다며 친절하게 일러 주었다. 허탈하게 한숨만 쉬며 아저씨를 바라보자 순간 그의 눈빛이 번뜩였다. "기차는 없지만 버스는 있습니다."

내 눈도 같이 번뜩였다. "운이 좋으시네요. 치앙마이로 가는 VIP 버스는 아직 자리가 있습니다. 정말 편한 2층 버스에 좌석이 젖혀져 누워서 갈 수도 있고 기차보다 빨리 도착하거든요. 버스를 타고 싶으시면 저를 따라오세요."

구세주를 만난 듯한 기쁨에 나는 얼른 그에게 고개를 끄덕였다. 안내원 아저씨는 촘촘하게 칸칸이 나뉘어져 있는 작은 사무실로 나를 이끌더니 멋진 버스 사진을 보여 주었다. 이 버스도 자리가 얼마 남지 않았지만 지금 예약을 하면 오늘 밤에 바로 떠날 수 있다며 사람 좋은 웃음을 지어 보였다.

나는 휘황찬란한 버스 사진에 마음을 빼앗겼다. 출발 시간을 확인하니 시간도 완벽했다. 기차를 놓치고 더 좋은 기회를 얻었다는 생각에 더없이 기뻤다. 예약을 하겠노라고 하고 버스 요금을 물었다. 그런데 허, 헛, 헛! 버스 요금이 기차보다 세 배나 더 비쌌다.

시간은 많아도 돈은 빠듯한 나 같은 배낭 여행자에게는 엄청나게 큰 돈이었다. 고민하고 또 고민하면서 결정을 내리지 못하고 서성이는데, 사람들이 줄을 길게 선 매표소가 눈에 띄었다. 여전히 많은 사람이 표를 사고 기차를 타러 떠났다. 그런데 가만히 보니 뭔가 이상했다. 현지인들은 탈 없이 표를 사는데 비해서 나 같은 외국인 여행자들은 계속 헛걸음이었다. 표를 사지 못한 외국인들은 안내원을 따라 나처럼 사무실로 들어오곤 했다.

유심히 살펴보니 안내원 표찰을 찬 사람들이 여행자들 뒤만 맴돌았다. 그렇다, 이 사람들은 기차역 안내원이 아니라 버스 회사 직원들이었던 것이다. 현지 사정을 모르는 여행자들은 매표소 직원과 버스 회사 사이에 물밑 거래가 있는 줄 모른 채, 표가 없다는 말을 듣고 안내원들을 따라가서 비싼 버스를 타게 되는 것이었다.

울컥했지만 얼른 마음을 다잡고 버스 회사 사무실을 빠져나왔다. 사람들의 웃음이 모두 가짜 같았다. 낯선 외국인들에게 보내던 그 많은 친절과 미소가 머릿속에서 와글거렸다. 속상한 마음에 무작정 기차역을 빠져나왔다.

다음날 다시 기차역을 찾았다. 어제 모습 그대로 기차역은 붐볐다. 매표소에 줄을 서자 역시나 안내원이 내 뒤에 붙었다. 내 차례가 왔다. 매표소 직원이 표가 없다고 말하기도 전에 굳은 얼굴로 표가 있는 걸 알고 왔다고 단호하게 말했다. 직원은 내 뒤에 선 안내원의 눈치를 힐끗 살피더니 어쩔 수 없다는 듯이 어깨를 한 번 으쓱이고는 말없이 표를 끊어 주었다.

사정을 알고 나니 모든 게 순조로웠다. 이 경험은 여행에 대해서 많은 교훈을 주었고, 예약을 하거나 이동을 할 때 좀 더 신중하고 꼼꼼하게 일을 처리할 수 있게 해 주었다.

그때와 달리 요즈음은 바가지 문화가 거의 사라졌다. 물건 값도 정가제로 많이 바뀌고 상인들의 태도도 좋아졌다. 물건 값을 무조건 절반 아래로 깎아야 한다는 말은 옛말이 되었고, 버스나 기차도 여행사들의 싸고 간편한 인터넷 예약 구조로 바뀌어서 표를 구하기가 쉬워졌다.

하지만 아직도 조심해야 할 곳은 여전히 있다. 또 어딜 가나 주의해야 할 사람이 있기 마련이다. 넋 놓고 사람 좋게 있다간 돌이킬 수 없는 상황을 만날 수도 있으니 어느 정도 조심하고 긴장해야 한다. 여행이란 것이 그리 만만하지도 않고 마냥 좋은 사람만 만나는 것은 아니니까.

그런 일을 겪은 뒤 여행자들에게 보내는 현지들의 친절과 웃음이 모두 가짜가 아니란 걸 알게 되기까지는 그리 오래 걸리지 않았다. 여행 중에 많은 사람을 만났고 그들에게서 대가를 바라지 않는 도움과 웃음을 받았다.

웃는다는 건
무엇보다도 중요한 일이다.
우리가 하는 모든 일은
웃기 위해서
하는 일이다.

사람 사는 곳은 언제나 미소가 답이다.

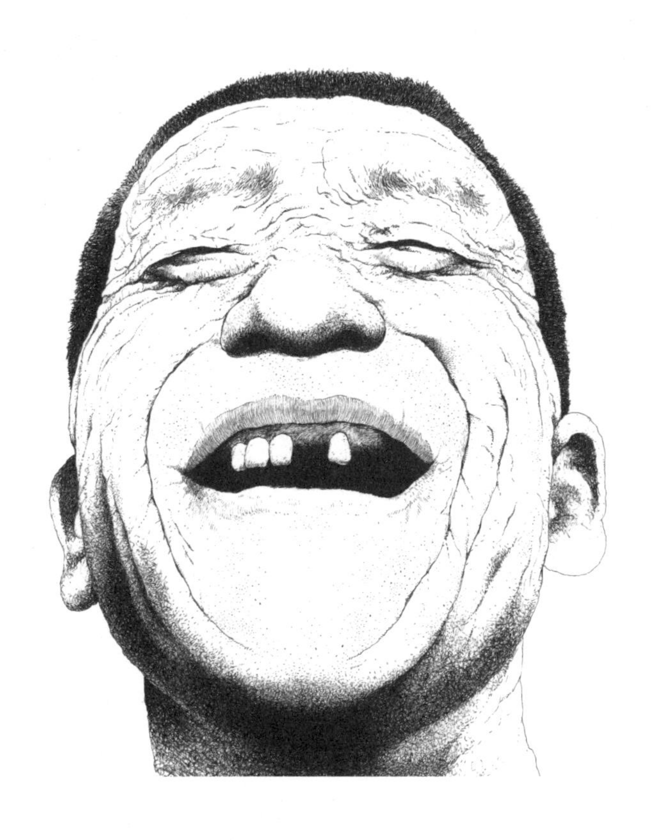

어깨에 걸친 삶의 무게가
초롱초롱한 아이들 눈망울을 보노라면
어깨에 걸친 삶의 무게가 씻은 듯 사라진다.

Sarah
Mr.OH!

여행의 길목에서 마주친 얼굴들.
얼굴얼굴마다 저마다의 인생이 담겨 있다.

조금 늦어도 괜찮아 / 북부 치앙마이

오래 입어 온 옷처럼
내가 어느새 나에게 맞춰져 버린 걸까.

이제, 다시 새 옷을 꺼내
입어야 할 때다.

돌이켜 보면

모든 일이 별 거 아니더라고.

그런 것들에 멍들고 아파하고….

돌이켜 보면

후회하게 되는 건 다

늦은 결정 때문이더라고.

누가 뭐래도
목적지는 변하지 않아

치앙마이로 가는 2층 야간 버스에 앉아 있다. 좌석을 힘껏 뒤로 젖히고 앉아 있자니 앉아 있다고도 누워 있다고도 할 수 없는 어중간한 자세다.

빨간색 좌석에 낡고 때묻은 커버가 씌워져 있다. 컵 받침대는 다행히 제 구실을 하고, 천장에 달린 요란한 조명등이 저마다 색을 뽐내며 빛나고 있다. 별 일 없으면 버스는 12시간쯤 뒤면 치앙마이에 도착할 것이다. 나는 장거리 야간 버스를 즐긴다. 푹 자고 일어나면 하루 숙박이 절로 해결되기 때문이다.

야간 버스가 장점만 있는 것은 아니다. 다리를 제대로 뻗지 못한 채, 불편한 자세로 긴 시간 누워 있어야 해서 허리가 아프다. 화장실도 불편하다. 그리고 무엇보다도 춥다. 열대지방에서 무슨 소리냐 하겠지만 태국의 버스 안은 정말 춥다. 더운 날씨에 반항이라도 하는 듯 에어컨을 어마어마하게 세게 틀어 놓기 때문이다. 옷을 가볍게 입고 야간 버스를 타면 고생 좀 하게 될 것이다.

버스는 출발한 지 얼마 지나지 않아 승무원—장거리 버스에는 운전수 외에 승무원이 한 명 이상 탑승한다—이 손에 생수를 한가득 들고 차례차례 나눠

준다. 그리고 조금 뒤, 비스킷과 작은 빵을 건넨다. 슬슬 잠이 들려는데 다시 종이 팩에 든 음료수를 돌린다. 승객들은 과자와 음료를 흘리지 않게 잘 추스르고, 도란도란 얘기를 나누다가 이내 담요로 몸을 꽁꽁 싸매고 잠이 든다.

승객 대부분이 잠든 시간, 지금부터가 내가 가장 좋아하는 시간이다. 어두워진 창밖을 보면서 나만의 생각에 빠져든다. 어두운 태국의 밤거리는 아기자기하지만 그 속살은 숱한 이야기로 요란스럽다. 문을 닫는 시장, 문을 여는 야시장, 외식을 하는 사람들, 가족에게 먹일 밥을 사 가는 오토바이들로 사람 냄새가 진하게 풍긴다.

버스가 도심을 지나 시골길로 접어들면 가슴이 뛴다. 머릿속은 차츰 이야기들로 넘실거리며 마구 뛰어논다. 그러다가 어느 덧 상상 속 이야기는 끝을 맺지도 못한 채 까무룩 잠이 들어 목적지에 도착하고, 내가 무슨 생각을 했는지조차 까맣게 잊어버리고 잠에서 깨어 날 것이다.

그래도 제대로 왔으니 상관없다.

기다리던 차는
꽤 많은 시간이 지나서야

맑은 향기를
뿜어 내어 주었다.

어두운 바깥에는
바람이 지나간다.

아무 소리도 없다
너에게 말을 걸지 않을 것이다

바람이 머물고 별이 우는 밤
더 오래 간직하고파
숨조차 멈출 것이다.

너도 나와 같을 것이다.

너에게 필요한 건 새 신발이 아니야.

날마다 똑같은 길을 걷는 네게 필요한 건

지금까지와는 다른 길을 걸어 보는 거야.

새로운 곳을 밟아 보는 거야.

도착지는 어디 가지 않고
널 언제나 기다리고 있지

페달을 멈추면 자전거는 쓰러져.
타다가 지치면 넘어지지 말고 잠깐 내려와.
속도를 조금씩 줄이다가 적당한 때를 틈타
살짝 자전거에서 내려오면 돼.
그러고 자전거는 손에 잡고
두 발로 바람을 맞으며 천천히 걷는 거야.
빠른 바람만 좋은 건 아니야.
느린 속도로 맞는 바람도 매력적이지.
앞만 보지 말고 옆도 보면서 걷는 거야.
그렇게 걷다가 다시 힘이 생기면 힘차게 발을 굴려
자전거에 올라타는 거야.
이제 페달을 밟아.
너무 급하지 않게 너무 힘 쏟지 말고
도착지는 움직이지 않으니
네 속도로 가도 늦지 않을 거야.
이봐~. 그냥 즐기라고.

느린 속도에 맞는 바람도 매력적이지.

월급날은 매월 18일

내 생일은 3월 30일

가지고 싶은 건 집 한 채

이번 달 생활비는 조금 부족할지도 몰라.

정작 중요한 것은 무엇인지 모르는 삶.

기차가 잠시 멈춘 그 순간,
소년은 무거운 배추를 몇 번씩이고 나른다.
진흙 묻은 맨발이 하얀 배추를 더욱 빛나 보이게 한다.
오늘 배추 나른 삯으로 소년은 밥 한 끼 먹겠구나.

태국은 다양한 민족이 함께 어울려 살아가는 나라다. 크게 타이족과 소수민족으로 나뉘는데 타이족과 중국계 태국인들이 인구의 90퍼센트를 차지한다. 북동부 이싼 지방에 크메르족과 몬 크메르족이 살며 남부 말레이 접경 지역에 말레이족이 있다. 그 외 흐몽족, 카렌족, 라후족, 리수족, 아카족 같은 고산지대에 사는 소수민족들이 있다. 타이족으로 분류되는 24개 그룹을 포함해 70여 민족이 태국에 살고 있다고 한다.

태국의 소수민족들은 자기 부족의 언어를 사용하면서 공동체를 이루고 살아가고 있으나 난민으로 규정되어 시민권을 받지 못하는 부족도 많은 것이 현실이다. 요즘은 아이들이 태국의 정규 교육과정을 받을 수 있고 기본적인 의료 혜택도 받는 등 처우가 좋아지고 있다. 인구는 작지만 대부분의 소수민족들은 자기 부족에 대한 확고한 정체성과 가치를 이어 가고 있다.

카렌족에게는 "백인 형제가 지혜가 담긴 황금 책을 가지고 오면 고난에서 벗어난다"는 신화가 있다.

19세기에 영국이 미얀마를 침공했을 때 기독교 선교사들도 함께 들어왔다.

그때 선교사들은 카렌족에게 접근하였다. 그러자 카렌족은 영국 선교사를 신화 속에 나오는 "백인 형제"로 믿고 그들이 들고 온 성경을 "황금의 책"으로 생각하였다. 그리하여 결국 영국을 도와서 미얀마에 반기를 들었다. 그로부터 일백여 년 뒤 미얀마가 영국의 식민지에서 벗어나 독립할 때 미얀마 중앙정부를 상대로 자치령 설립을 요구하며 항쟁하기도 했다. 철저히 이용만 당한 카렌족은 그 일로 태국과 미얀마를 비롯해 동남아로 뿔뿔이 흩어져 여전히 정치적으로 힘든 시기를 보내고 있다.

여행 중에 만난 카렌족에게 조심스럽게 태국 사람이냐고 물었더니 그는 한 치의 망설임도 없이 대답했다.
"지금 태국에 살고 있지만 저는 카렌 사람입니다."
그들은 지금도 언젠가는 지혜의 책이라고 불리는 "황금의 책"을 다시 만나게 될 날을 손꼽아 기다리고 있다고 한다.

다양한 민족이 살아가는 만큼 숱한 삶의 이야기가 거리에 출렁거린다.

당신만은
변하지 않으면 좋겠어요

"게르륵~ 게르륵~~"
나무로 만든 투박한 두꺼비가 요란한 야시장에 나와 울고 있다. 사람이 붐비는 관광지에는 어디를 가나 나무 두꺼비 울음소리가 울린다. 투박하게 생긴 흑갈색 두꺼비의 등을 막대기로 긁으면 "게르륵 게르륵" 하는 특이한 소리가 난다.

두꺼비를 팔러 다니는 이들은 아카족이다. 아카족은 생계를 위해 나무를 조각해 색을 입힌 두꺼비와 팔찌, 목걸이, 지갑 같은 장신구를 만들어서 거리로 나온다. 아침 일찍 마을에서 먼 도시까지 걸어와서 밤까지 쉬지 않고 관광객이 붐비는 거리 곳곳을 돌며 물건을 판다.

처음 태국에 왔을 때도 십여 년이 지난 지금에도 언제나 이곳에 오면 그들을 마주친다. 처음 그들을 만났을 때는 전통 의상과 전통 신발을 신었는데 이제는 청바지와 운동화로 바뀌었을 뿐이다.

문명사회의 이기적인 변화에 저들은 또 얼마나 울었을까.
이제는 손에 든 나무 두꺼비가 아니면 누가 그들을 아카족이라고 알아볼 수나 있을지. 오늘도 태국 아니 동남아시아 여러 거리에선 목마른 두꺼비 소리가 울리겠지.

아카Akha족은 북부 타이 지역에 거주하는 고산족 가운데 하나이다.

고산족 중에서 가장 화려한 전통 의상을 입는다.

은으로 만든 동전과 방울로 화려하게 장식한 원추형의 모자가 특히 이채롭다.

나는 당신을
기억하겠습니다
오랜 시간이
지날지라도
말이죠

살아가는 것과 살아지는 것의 차이

사는 게 힘들 때가 있다. 지칠 때가 있다.
까닭이 있을 때도 있고, 도무지 그 까닭을 알 수 없을 때도 있다.
하지만 모든 일에는 원인이 있다.
우울해지거나 삶이 힘겹게 느껴지는 데에는 분명 원인이 있다.
중요한 것은 그 원인이 해결할 수 있는 일인지,
좀체 풀 수 없는 일인지 하는 것이다.
다양하게 펼쳐지는 수많은 사건의 틈바구니에서
우리는 대부분의 시간을 보낸다.
나 또한 많은 문제에 부딪치고 해결하며 오늘을 살아가고 있다.
그러다가 절대 바뀌지 않고 바꿀 수 없는 근원적인 일이 닥치면
나는 먼지보다 작아지고 초라해질 수밖에 없다.
그 순간 입을 닫고 안으로 숨는다.
모든 게 귀찮아진다.
밥 먹는 것도 싫다.
말하는 것도 싫다.

이제는 숨 쉬는 것에 내 온 힘을 쏟을 판이다.

그렇게 스스로 모든 것들로부터 나를 닫아 버린 시간은

조용하고 음침하지만 무엇보다 바쁜 세계다.

그 안에서도 구석을 찾아 헤맨다.

고개 숙이고 한참을 흐느낀다.

그리고

다시 일어난다.

다행히 어둠에 먹히기 전에 눈을 뜬다.

또 한 번 해결하지 못할 일을 넘어선다.

잠깐 끊어진 숨을 의식적으로 몰아쉰다.

사는 게 너무 힘들 때가 있어도 나는 살아간다.

살아진다.

세상의

소리에 묻혀 있던

내 목소리가

이곳에서는 크게 울린다.

나는 살아간다.

멋지게.

내일을 위한 알람

네팔에서 배낭여행 중에 만난 여행학교 "높새"와의 질긴 인연 덕에 얼마 전 초등학생과 중학생 아이들 열여덟 명과 태국과 라오스를 한 달 동안 함께 여행했다.

"높새"의 여행 프로그램은 철저한 배낭여행으로 관광이 아니라 현지인들과 섞여 지내면서 모든 것을 아이들 스스로 감당해야 하는 꽤나 힘든 프로그램이다. 그래서인지 아이들은 국내외 여행을 두루 거친 준비된 여행자들이다.

아이들과 태국 방콕에 도착하자마자 바로 치앙마이로 넘어왔고, 다음날 2박 3일의 치앙마이 정글 트레킹을 시작하였다.

산길을 걸은 지 두어 시간이 지나자 아이들은 웃음이 점점 사라졌다. 나 또한 오랜만에 하는 산행이라 그런지 힘이 들어 입을 꼭 다물고 바닥만 바라보며 걸었다.

"자, 십 분만 쉬어 갑시다!"
메인 가이드 창이 웃으며 소리치자 아이들이 기쁜 탄성을 터뜨렸다. 카렌족

출신인 창은 더위에 웃통을 벗고 어디서 주웠는지 긴 나무 작대기를 지팡이 삼아 올라왔다. 너무 볼록해 터질 것 같은 배 때문에 트레킹이 힘들 만도 한데 언제나 싱글거린다.

"사비, 배고파요. 배고파요."
사비는 여행학교에서 쓰는 내 별명이다. 그림 그리는 "4B연필"에서 따온 이름이다. 막내의 배 고프다는 말을 시작으로 여기저기에서 기다렸다는 듯이 아우성을 쳤다. 그 여행에서 새삼 깨달은 건 성장기의 아이들은 정말 엄청나게 먹어댄다는 것이었다. 여행 경비의 대부분은 식비에 쓰지 않았을까 싶다.

잠시 쉬었다가 다시 걸은 지 얼마 지나지 않아 작은 계곡에서 점심을 먹었다. 일회용 비닐봉지로 포장한 태국 볶음밥이 날이 더워서 그런지 그때까지도 따뜻했다.

"수영하자!"
덩치만 컸지 아직 어린아이 같은 중학생 남자 아이들이 계곡으로 뛰어들기 시작했고, 순식간에 계곡은 주말 동네 목욕탕처럼 아이들로 북적거렸다. 아이들은 젖은 몸을 이끌고 늦은 오후에 그날 묵을 정글 숙소에 도착했다.

숙소는 나무로 얼기설기 지은 큰 방갈로였다. 모기장이 설치되어 있고, 매트와 담요, 베개가 군대 내무반처럼 가지런히 놓여 있었다. 알록달록한 바닥 매트는 이곳에 깔린 뒤로 한 번도 세탁되지 않은 것이 분명했다. 그래도 공기가 좋아서인지 지저분하게 느껴지지는 않았다.

가이드와 카렌족 여인들이 분주하게 우리 저녁을 준비하는 동안 아이들은 각자의 여행일지를 적거나 여행 공부를 하느라고 여념이 없었다. 아이들은 여행하는 동안 날마다 여행일지를 기록하고 스스로 여행 계획을 짜고 서로 의논해 여행 루트를 정하기 때문에 늘 다음 장소에 관한 정보를 습득해야 했다. 자기가 맡은 일을 철석같이 해내는 어떤 초등학생 꼬맹이는 나보다도 더 여행을 잘하는 것 같았다.

"대운이! 고원이! 떠들지 말고. 계획은 다 짰어? 내가 물어 볼 거야!" 할 일 없는 나는 괜스레 아이들을 트집 잡는다. 개그 욕심 부리는 동규와 시현 이는 금세 책 보는 척하면서도 여전히 킥킥거렸다.

정글의 해는 짧았다. 8시가 조금 지나자 아이들은 일찍 잠자리에 들었다. 모기장 안에선 두런두런 이야기들이 넘쳐났다. 초등학교 6학년인 준영이가 초등학교 3학년인 영주에게 물었다.
"넌 지금 누가 가장 보고 싶어?"
"어, 어, 나는 음, 엄마랑 할머니랑 아빠랑. 또 누가 있더라? 형은?"
"나는 엄마, 아빠도 보고 싶긴 한데 진짜 보고 싶은 건 따로 있어."
"뭔데?"

"내가 가장 보고 싶은 건 축구공이야. 빨리 집에 가서 내 축구공을 만지고 싶어. 난 축구가 너~~무 좋아!"

어두운 방갈로 모기장 안에서 아이들의 지저귐이 모기까지 쫓아냈다. 한 아이의 취침 인사가 더 놀고픈 아이들의 마음에 신호탄을 터트렸다. 한바탕 웃음이 터지고 한 명, 두 명 천천히 그리운 사람을 찾아 꿈속으로 빠져들었다.

"일어나! 사비도 일어나요. 사비이이이~."
부지런한 성빈이가 일찍 일어나 모두를 깨우고, 여행 내내 살가웠던 동주가 다가와 찰싹 붙으며 아양을 떨었다. "벌써 아침이구나." 억울해하며 자리에서 일어나 앉아 부은 발을 어루만지는데 아이들은 모두 팔팔하게 다시 태어난 듯했다. 아이들이 눈치 채지 못하게 몰래 한숨을 내뱉는다.

둘째 날 트레킹 풍경이다.

내일의 '나'에게 맡긴다.

"여행 오고 며칠은

엄마가 보고 싶어서

날마다 삼십 분씩 울었어요.

근데 지금은

정말 미안하지만

신기하게 엄마 생각이

하나도 안 나요."

아이는 그렇게 여행을 통해 **한 뼘**은 더 컸다.

정글의 밤은
가끔 시끄럽지

구름이 산을 뒤덮더니 바로 빗방울이 쏟아졌다. 가늘던 빗방울은 어느새 몸집을 불려 거칠어지는가 싶더니 금세 소리 없이 사라졌다. 우기의 스콜이 가볍게 아침을 알렸다.

이른 아침부터 시작된 트레킹으로 몇 개의 산을 넘었고 몇 개의 마을을 지났다. 생각보다 긴 산행으로 입에선 단내가 났다. 잠시 쉬는 시간이 갈수록 고마워졌다.

정글은 정말 습기 찼고, 수그러들지 않는 더위가 내내 우리 뒤를 따라다녔다. 하나둘 아이들이 지쳐갔다. 해가 질 무렵이 되어서야 겨우 숙소에 도착할 수 있었다.

"저기. 보이는 집이 오늘 묵을 숙소다."
"와아아아아!"

가이드의 한마디에 힘이 솟았다. 끈적끈적한 몸을 어서 씻고 싶었지만 숙소에 샤워 시설은 당연히 없다. 온몸이 땀으로 젖은 아이들은 옷을 입은 채 이곳에서 몸을 씻을 유일한 장소인 근처 폭포로 향했다. 우리는 옷을 입은 채로 그대로 물속으로 뛰어들었다. 비누로 몸을 씻으면서 옷을 비벼 세탁하는 것도 잊지 않았다. 이렇게 하면 빨래와 샤워를 동시에 해결할 수 있다. 쏟아지는 폭포에 머리를 헹구며 씻는 동안 물놀이는 덤이었다.

말끔히 씻은 뒤 저녁을 먹고 피로가 조금씩 풀릴 때쯤 우리가 먹을 고기를 손질해서 모닥불에 구우며 밥을 준비하던 가이드와 원주민 아저씨들이 하나둘씩 우리 곁으로 다가왔다. 모닥불 사이로 원주민 아저씨들과 아이들은 통하지 않는 말과 몸짓으로 함께 어울렸다. 웃음소리가 여기저기에서 터져 나오는 가운데 전통복을 입은 한 아저씨가 큰소리로 자기네 마을 노래를 불렀다. 아이들이 환호하자 아저씨는 노래와 율동을 한 소절씩 가르쳐 주었다. 그렇게 몇 번을 되풀이하고 나니 다 같이 율동에 맞춰 노래를 부를 수 있게 되었다. 모닥불도 덩실거리고 우리도 덩실거렸다.

앞니가 전부 빠져 발음이 새는 나이 많은 원주민 아저씨도, 누르면 터질 것 같은 볼록한 배를 가진 가이드 아저씨도, 무서울 것이 없는 한국의 중2병 아이들도 그때 그 순간 그곳에서는 모두가 한 가족이었다.

높이 나는 새들처럼
청소년 여행학교

처음 혼자 떠난 네팔 여행에서 만난 높새(여행 선생님)는 성격이 털털하고 교육에 대한 꿈과 자부심이 강한 사람이었다. 특수교육을 전공한 뒤 정규학교에서 아이들을 가르쳤지만 획일화된 시스템에 한계를 느끼고 스스로 답을 찾기 위해 여행을 떠났다. 홀로 파푸아뉴기니의 원시 부족들에게 약품 보급 봉사 활동으로 몇 계절을 보냈고, 유라시아 횡단을 비롯해 온 세계를 누비며 인간에 대한 물음과 삶의 가치를 찾아다녔다.

수십 번의 위험한 고비와 사고를 겪으며 흔들리고 눈물 흘렸지만 언제나 여행은 그를 다시 일어나게 만들었다. 그렇게 꽤 오랜 시간 여행자로 지내다 한국에 돌아왔다. 오랜 여행에서 얻은 그의 경험과 노하우 그리고 지식들은 대안학교 활동을을 거치면서 그만의 독특하고 개성 있는, 오롯이 아이들만을 위해 최적화된 교육 시스템으로 발전시켜 나갔다.

봄과 가을에는 부산에서 농사를 짓고, 여름과 겨울에는 아이들과 여행을 떠나는 높새는 듬직하고 성실한 농부이기도 하고, 친근하고 다정한 여행 선생이기도 하다.

높새 여행학교의 목표는 배낭 여행자를 길러 내는 것이다. 세상 어디에 떨어져도 두려워하지 않고 당당하게 자신만의 여행을 온전히 혼자 힘으로 꾸려나갈 수 있는 여행자 말이다. 이렇게 된다면 여행지에서뿐만 아니라 자신만의 인생을 살아가는 데 필요한 힘도 기를 수 있게 될 것이다.

우연이 겹쳐 필연이 된다고 높새를 만나 몇 번 여행을 같이 하다가 이제는 나도 여행학교 교사가 되었다.

높새 여행학교는 학생들이 배낭 여행자로서 어디에서든 혼자 힘으로 헤쳐 나갈 수 있도록 철저하게 준비시키고 훈련시킨다. 이를테면 해외여행을 가기에 앞서 국내에서 여러 번 여행을 다니면서 체력을 단련하고 여행 지식을 습득하는 과정을 거친다.

국내 여행은 대체로 산과 들을 누비며 하루에 20, 30킬로미터쯤 걸어야 하는 트레킹 코스로 이루어진다. 스스로 빨래하고 스스로 시간을 확인해야 하며, 일정과 여행 계획까지 스스로 해결해야 한다. 말만 들으면 엄청난 고생길 같지만 아이들은 생각보다 척척 해낸다.

아이들은 처음으로 부모의 곁을 떠나 낯선 환경과 고된 일정을 소화해야 하기 때문에 눈물도 흘리고 고통도 호소하지만 여행이 끝나면 신기하게도 성취감과 자신감이 놀라울 정도로 높아져 있다. 방학 때 여름에는 동남아시아의 바다, 겨울에는 네팔의 히말라야를 오르는 해외여행은 아이들을 부쩍 더 크게 변화 시키고 성장시킨다.

여행학교 높새에서 내가 맡은 임무는 아이들의 좋은 친구가 되어 주고, 여행을 하며 틈틈이 그림을 활용한 여러 가지 프로그램을 진행하는 것이다. 그림을 통해 창의력을 끌어내거나 마음을 들여다보는 심리 치료 수업은 여행을 더욱 풍성하게 만들어 준다. 아이들의 그림에는 진심이 그대로 드러난다.

맞벌이로 바쁜 부모에 대한 그리움, 자기가 좋아하는 것에 대한 솔직함, 미래에 대한 불안함 따위가 간단한 스케치에서 그대로 표현된다. 나는 여행 기간 동안 아이들과 그림에 대해 이야기하고 공감해 주고 잘못된 생각을 다시 한 번 돌아보게 하는 과정을 이어나간다. 아이들은 늘 꿈꾸고 또 꿈꾼다. 어제의 꿈과 오늘의 꿈이 시시때때로 바뀌지만 꿈은 번번이 만들어지고 커져 간다.

대화가 잘 통하지 않는 시대, 스마트 폰과 인터넷이 소통의 전부가 되어 버린 시대, 초등학생들조차 돈 많이 버는 것이 꿈인 시대에 살고 있는 지금의 아이들에게 돈이 전부가 아닌 삶, 꿈을 꾸는 삶, 함께하는 삶의 의미를 알려 주는 친구 같은 여행 교사가 되고 싶다.

높이 나는 새들처럼 청소년 여행학교
http://cafe.naver.com/travellerschool

괜찮다.
다 괜찮다.
너는 나에게
그런 존재다.

그래,
조금 늦어도 괜찮아

조금 늦으면 어때
너와 나는 속도가 달라.
밥 먹는 속도도 다르고
말하는 속도 또한 달라.
네가 조금 빨리 가고
내가 조금 늦는 것은
중요하지 않아.
모두 저마다의 속도에 맞게
우리는 잘 살아가고 있으니까.
빠르게 가는 거도 좋겠지
많이 가져가는 것도 나쁘지 않아.
하지만
조금 느리게 가는 것도
조금 적게 가지는 것도
생각처럼 나쁘지 않아.

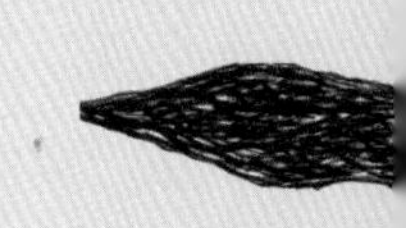

조금 늦어도 괜찮아.

시간을 보낸다
시간을 즐긴다
시간을 죽인다
우리는 시간을 어떻게
사용하고 있는가.

두근거리는 것만으로도 당신

설렘과 기대를 가지고 목적지를 찾아가는 것이
여행의 가장 큰 즐거움일지도 모른다.
그것만으로도 여행은 충분히 제 값어치를 다한 것이다.
설령 도착지가 기대에 못 미치더라도 말이다.

말하지 않아도 알 수 있다.

눈빛과 주름진 웃음이 모든 걸 말해 주고 있다.

그의 손에 들려진 새카맣게 타 버린 주전자.

목마른 나를 위해 내밀던 따뜻한 차 한 잔.

낡은 플라스틱 컵에 차오르는 차처럼

따뜻한 미소가 차오른다.

그렇게 또 하루가 살아진다

어딘지… 누군지…
정확히 기억나지는 않지만
어느 오래된 여행자가
나에게 말했다.
"바람이 되지 못한다면 떠나지 마라"
…라고…

다시 돌아온 치앙마이에서 제대로 된 마사지를 받고 제대로 된 커피숍에 가서 제대로 내린 커피를 마셨다. 대형 쇼핑몰을 찾아가 나름 근사하게 식사도 했다.
돈 없는 배낭 여행자가 이렇게 사치를 부려도 되나 싶을 만큼 즐겼다. 이렇게 누릴 수 있는 것은 트레킹을 하는 동안 억눌렀던 문명에 대한 욕구가 되살아났기 때문이 아니었다. 방콕 물가보다 이곳의 물가가 아주 많이 싸기 때문에 누리는 호사였다. 밥값은 물론이고 숙소 요금도 정말 착하다. 방콕 같으면 에어컨도 제대로 돌아가지 않고 공동욕실을 써야 하는 숙소 요금으로 이곳에서는 화장실과 수영장이 딸린 번듯한 숙소에서 묵을 수가 있다.

예전보다야 물가가 많이 올랐다고들 하지만, 그래도 여전히 치앙마이는 물가가 다른 어디보다도 싸다. 싼 물가에 더해 치앙마이를 무엇보다 매력적으로 만드는 것은 편리한 교통수단이다.

태국은 툭툭, 오토바이택시, 썽태우, 버스, 택시 등 지방마다 특화된 교통수단이 다양하게 운행된다. 타는 방법도 다르고, 거리에 따른 요금도 다 다르다. 방콕은 툭툭과 버스, 택시, 지하철이 주 교통수단이다. 버스와 지하철이야 요금이 정해져 있으니 별 문제 없지만 여행자들이 많이 이용할 수밖에 없는 툭툭과 택시는 이용할 때마다 가격 흥정을 위해 실랑이를 벌여야 한다.

택시는 "미터 택시"라고 적혀 있지만, 대부분의 택시가 미터기를 켜지 않고 운행한다. 여행자에게 유독 그렇다. 목적지를 말하고 원하는 요금을 제시하면 택시 기사들은 코웃음을 치고 배짱을 부린다. 그런 식으로 택시 몇 대를 보내고 나서 어쩔 수 없이 흥정 끝에 부풀린 값에 택시를 타곤한다. 어렵게 미터기를 켠 택시를 만나도 가까운 거리를 빙빙 돌아 적정 요금보다 훨씬 더 많이 내야 하는 경우가 생긴다. 이럴 땐 돈보다 마음의 지불이 더 커서 택시와 툭툭은 늘 꺼려지는 교통수단이다.

치앙마이는 택시나 버스가 거의 없다. 대신 썽태우가 있다. 썽태우는 택시와 버스의 중간쯤 되는 교통수단이다. 트럭을 개조해 짐을 싣는 칸에 좌석을 양쪽으로 일자로 놓아 앉을 수 있게 하고 천막이나 뚜껑을 덮어 햇빛과 비를 피할 수 있도록 되어 있다. 버스처럼 고정된 노선을 도는 것과 택시처럼 원하는 곳으로 데려다 주는 것이 있는데 후자가 대부분이다.

썽태우를 타는 방법은 간단하다. 지나가는 썽태우를 불러서 세우고 목적지를 말하면 된다.
"님만헤민 소이 3."
소이(soi)는 태국말로 골목이라는 뜻이다.

"30바트."

"노. 20바트"

"……. 오케!"

대부분 이 정도면 흥정은 끝난다. 깔끔하다. 물론 썽태우는 나만 태우고 가는 게 아니라 목적지로 가면서 비슷한 방향의 사람들을 계속 태운다. 그렇기 때문에 적은 요금에 얼굴 붉히지 않고 맘 편히 이용할 수 있다. 넓지 않은 좌석에 사람들이 가득 차면 차 안의 눈동자들이 서로 바쁘게 움직인다. 그러다 눈을 마주치면 부끄러워서 웃거나 고개를 돌리곤 한다. 혹여나 내릴 곳을 놓칠까 봐 수시로 알려 주는 사람, 음식을 나누어 주는 사람, 내가 어느 나라에서, 왜 왔는지 궁금해하는 사람까지 그 안에서는 모두 정답다.

목적지에 도착하면 차에서 내려 기사에게 요금을 낸다. 그냥 가 버리면 잡을 방법도 없건만 사람을 믿고 기다리는 요금 지불 방식이 내 눈에는 어설퍼 보였지만, 그곳에 있는 동안 요금을 내지 않고 도망가는 사람은 한 번도 본 적이 없다.

택시나 툭툭 앞에선 번번이 쭈뼛거리던 나였는데, 이곳 치앙마이에서는 자신감과 재미가 붙어 하루에도 몇 번씩 먼 거리는 물론이고 가까운 거리도 썽태우를 자가용처럼 이용하곤 했다. 내 발이 되어 주고 나를 더 넓은 곳으로 안내해 주는 썽태우 덕분에 여행의 재미가 깊어졌다.

하루가 짧다.

불을 끄고 자리에 누우면

한숨처럼 한꺼번에 밀려오는 생각.

여행을 왔다.

하루가 길다.

낯선 침대 위에서 웃으며 지친 다리를

어루만지다 쏟아지는 생각.

같은 시간

다른 생각

ເບຍລາວ
BeerLao
Lager Beer
LAO BREWERY COMPANY LTD.
그래도 역시 진리는 맥주 아니겠어. 어서와 가볍게 한잔 하자구 친구.

사람이 모이면 따뜻해진다

추워도 너무 추웠다. 이상 기온이라고 했다. 평년 기온보다 14도나 떨어졌다고 해도 영상 7도에 불과했지만, 난방 개념이라곤 아예 없는 열대기후 나라에서, 게다가 변변한 겨울옷 하나 준비하지 못한 여행자에게는 영상 7도라는 기온은 동상에 걸리지 않을까 진지하게 걱정해야 할 정도로 추웠다.

태국 북부 도시 람빵에서의 3박 4일은 그렇게 나에겐 춥기만 했다. 숙소의 샤워기에선 아마도 흙탕물이지 싶은 누런 물이, 그것도 찬물만 나와서 제대로 씻을 수가 없었다. 건기에 때 아닌 폭우까지 겹쳐 추위는 더욱 심해졌다. 꼼짝없이 방 안에서 바지 두 벌과 후드 티 하나에 얇은 패딩을 겹쳐 입고 두꺼운 니트 양말을 신고도 이불을 뒤집어쓰고 덜덜 떨어야 했다.

일정대로 나흘째 아침이 되자마자 나는 미련 없이 배낭을 메고 기차역으로 향했다. 매표소 여직원은 무표정했다. 치앙마이행 기차는 두 시간 뒤에 출발할 예정이었다. 역 근처의 카페에 앉아 언 몸을 녹이려던 내 기대와는 다르게 역 근처에는 카페 비슷한 것조차 없었다. 꼼짝없이 플랫폼에서 두 시간을 기다려야 했다. 한국에서 가져온 간이 담요를 꺼내서 둘둘 말고 의자에 앉았다.

기차 시간이 다가오자, 폭우가 쏟아졌다. 그러자 갑자기 내 주변에 저마다 따로 앉아 있던 태국 사람들이 모여서 웅성거리기 시작했다. 나는 비가 와서 저러는가 싶어서 별로 신경을 쓰지 않았다. 이미 추위의 강펀치에 너덜너덜해진 내 몸과 정신은 하릴없이 비를 맞으면서 될 대로 돼라 하고 있었다. 그런데 사람들이 내 쪽을 자꾸 쳐다보며 뭔가 이야기를 하는 것 같았다.

그러거나 말거나 나는 배낭을 메고, 비를 맞으며 반대편 플랫폼으로 건너가려고 했다. 내가 의자에서 일어나자 삼삼오오 모여 웅성거리던 사람들이 깃발을 들고 기차가 들어오길 기다리고 있는 철도원 아저씨를 급하게 불렀다. 그러곤 손짓으로 나를 가리키며 연신 뭐라고 하는 것이었다. 그러자 철도원 아저씨는 사무실 안으로 들어가더니 우산을 들고 와서 말도 없이 내게 그 우산을 건넸다. 손잡이가 달아난 헤진 우산이었다. 그제야 사람들은 안심했다는 듯이 잘 되었다는 듯이 웃으면서 내게 얼른 우산을 쓰라고 손짓을 하였다.

나는 얼결에 우산을 받아 들었다. 우산을 건네 준 철도원 아저씨는 비를 온몸으로 다 맞으며 플랫폼으로 뛰어나갔다. 얼른 쫓아가서 아저씨에게 우산을 씌어 주려 하자 아저씨는 내게 처마 밑에 들어가서 비를 피하고 있으라고 눈짓으로 말했다. 그래서 아저씨에게 우산을 주고 처마쪽으로 가려고 하자 아저씨는 우산도 갖고 가라면서 끝내 받지 않았다.

차마 아저씨를 장대비가 내리는 플랫폼에 두고 갈 수 없어 나는 아저씨 말을 듣지 않고 아저씨 옆에서 우산을 들고 있었다. 키가 내 어깨까지 오는 철도원 아저씨의 체온이 비를 머금고 따뜻한 온기로 모락모락 피어올라서 하나도 춥지 않았다.

그렇게 나와 철도원 아저씨는 폭우가 쏟아지는 플랫폼에서 손잡이 없는 우산 아래에 말없이 나란히 서서 기차가 역으로 들어오기를 기다렸다.

집으로 가자

지금의 꿈은 오늘보다 내일을 위한 것

나는 나를 사랑하기로 했다

어느 노랫말처럼
언제고 떨쳐 낼 수 없는 꿈이라면
쏟아지는 폭풍을 거슬러 달리자.

망설인다고 사라질 꿈이 아니라면 떠나자.

목적지는 정해졌고,
두 다리는 멀쩡하니까.

내리지 말고
나에게로 오세요

"난 하늘에서 내리는 눈을 꼭 보고 싶어."

"눈을 본 적이 없어?"

"응. 태국에는 눈이 오질 않거든."

"아……."

"눈을 맞으면 기분이 어때? 솜사탕처럼 보슬보슬하고 하늘하늘거려?
쌓인 눈을 밟으면 뽀드득 뽀드득 소리가 들린다던데, 정말이야?"

"눈은 눈이지. 처음엔 뛸 듯이 좋다가도 금방 시들해져.
그리고 쌓인 눈이 얼거나 녹으면 그 뒤처리가 꽤 귀찮거든.
늘 좋은 것만은 아니야."

"그래? 그래도 좋겠다. 넌 눈을 해마다 볼 수 있으니까."

"대신 대가가 따르지 겨울이란 게 생각보다 꽤 춥거든."

"난 그 추위도 느껴 보고 싶어.
다리가 오들거리고
입에선 입김이 훅 하고 나온다는
겨울도 한 번 겪고 싶어.
그래서 말이야."

"응?"

"난 한국에 갈 거야. 돈을 모으고 있거든.
꼭 겨울에 가서 눈도 맞고 겨울도 볼 거야."

눈이 내립니다.
한국에서 내리는 눈은 나에게 더 이상 특별하지 않아요.
하지만 또 다른 누군가에게는 멋진 일이 되기도 하죠.
눈이 내립니다.
아니 눈이 옵니다.
내리는 눈이 아니라
눈이 나에게로 옵니다.
누군가에게는 처음 맞는 눈.
누군가에게는 특별한 눈.

만두 하나 사가세요.
제가 직접 만든
맛좋은 만두랍니다.
따뜻한 미소는 덤으로
그냥 드려요.

세상

그 어떤 작은 것들에게도

이름이 있어.

그건 우리도 마찬가지야.

세상에 태어난

이유가 있다는 말이야.

여행
잔고

감정을 따로 보관할 수 있다면 좋겠어요.

특히 좋은 감정은 말이죠.

어느 때고 좋은 감정들을 꺼낼 수 있다면

난 참 행복하게 지낼 수 있을 것 같아요.

그런데 그러기 전에 꺼내 볼 수 있는 좋은 감정을 많이 만들어 둬야 해요.

어때요? 언제든 좋은 감정을 꺼낼 수 있을 만큼 풍족하게 가지고 계신가요?

너에게는 흘러가는 시간

나에게는 멈춰진 시간

그래도 언제든 꺼내 볼 수 있는

시간의 추억.

오늘의
그냥 그렇고 그런 일기

라오스로 넘어가기 위해 치앙마이에서 치앙라이를 거쳐 치앙콩으로 왔다. 건기의 태국 북부는 예상보다 추웠다. "에구, 삭신이야!"

잠자리에서 일어나자마자 짜증이 몰려온다. 밤새 추워서 뒤척이다 잔뜩 웅크리고 잤더니 뜨끈한 보일러 생각이 간절했다. 나무로 만든 숙소의 벽은 얇아서 바람이 계속 들어오고, 그 틈 사이로 왼쪽 옆방 사람의 침 삼키는 소리까지 들린다. 그보다 더 괴로운 건 오른쪽 옆방 아저씨의 밤새 코 고는 소리였다. 잠자리에서 코 고는 남편을 둔 이 세상의 부인들이 존경스러울 정도였다.

추위와 소음으로 잠을 못 자서 발가락 하나 까딱하기 싫었지만, 라오스로 넘어가는 슬로 보트도 예약해야 하고, 보트로 이동하는 이틀 동안 먹을 간식과 음료도 구해 놓아야 해서 할 일이 많았다.

가까운 곳에는 여행사가 따로 없어서 숙소에서 보트 표를 예매했다. 무뚝뚝하고 말하는 것도 귀찮아하던 숙소 여직원은 뭐가 그리 불만인지 어제도 오늘도 계속 저기압 상태였다. 처음 숙소 안내를 받을 때도 내가 뭘 잘 못했나 싶을 만큼 딱딱하게 굴더니 오늘도 그 표정 그대로 앉아 있었다.

지금까지의 경험으로 상대방이 이런 상태일 때는 피하는 게 상책인 줄 알지만, 이때가 아니면 안 되는 일이라 용기를 내서 보트 표 예매에 대해서 물었다. 피차 유창한 영어를 구사할 실력이 아니기에 둘의 대화는 계속 꼬여만 갔다. 마음 같아서는 무엇 때문에 나에게 짜증이냐고 물어 보고 싶었지만 꾹 참았다. 그래도 싸게 표를 예매했으니 그에게 감사한 마음으로 마무리 지을 수 있었다.

가장 큰 문제를 해결하고 나니 마음이 가뿐했다. 그제야 늦은 아침을 먹으러 거리로 나가니 어제 늦게 도착해 어두워서 미처 보지 못한 거리의 풍경이 눈에 들어왔다.

큰 도로가 하나뿐인 작은 도시지만 꽤 번화했다. 도로 양쪽에는 철물점과 식당, 식료품점, 게스트 하우스 들이 빼곡히 들어차 있고 좁은 2차선 도로에는 차동차와 오토바이가 분주하게 지나다녔다.

횡단보도를 건너 편의점을 끼고 옆 골목으로 들어가 라오스와 태국의 경계선인 메콩 강 주변으로 갔다. 잔잔히 흐르는 강을 따라 걸어 올라가다가 정말 말 그대로 허름한 식당을 발견했다. 천장도 없는 작은 공터에 시멘트로 탁자 모양을 낸 자리가 세 개 있었는데 오래 전에 버려진 듯 보였다.

간판도 없는 이곳을 영업중인 식당이라고 생각할 수 있었던 이유는 한 가족이 모여 식사를 하고 있는 모습을 봤기 때문이다. 배가 고팠던 나는 재빨리 자리에 앉아 종업원을 불렀다. 주방에서 어린 소녀가 메뉴판을 들고 나왔다. 메뉴판은 오래되어서 그림도 글자도 잘 보이지 않았다.

"팟 카파오 무쌉 능(하나), 쏨땀 능." 메뉴판 보기를 포기하고, 주문을 했다.

소녀가 웃으며 고개를 까딱거리고 주방으로 달려가며 주문 내용을 크게 외치니 주방에서 할머니 한 분이 슬쩍 내다보았다. 나이 드신 할머니의 모습을 보니 주문한 게 외려 미안한 생각이 들었다. 할머니가 과연 음식을 제대로 만들 수 있을지 걱정되었다. 이런 내 걱정이 보였는지, 몇 개 안 남은 이빨을 내보이며 할머니는 고개를 여러 번 끄덕이며 나를 안심시켰다. 음식을 기다리며 먼저 온 가족을 유심히 살펴보니 번쩍거리는 금시계를 찬 아버지와 곱게 옷을 차려입은 엄마 옆에 새침해 보이는 남자아이가 식탁 가득 여러 음식을 펼쳐 놓고 먹고 있었다. 가부장적으로 보이는 아버지는 거만한 자세로 앉아 음식 놓을 자리를 가리키고 있었다. 생선 튀김을 비롯해 볶음밥, 샐러드, 찌개 등 분명 가족이 먹고도 남을 만큼 많은 양이었다. 그런데도 그 식탁 위로 끊임없이 음식이 더 나와서 놀란 눈으로 흘깃거렸다.

그러는 사이 나와야 할 시간이 훨씬 지났는데도 내 음식이 안 나왔다.

"내 밥은 왜 안 나와요?" 소녀에게 몸짓으로 물었다.

"미안해요, 조금만 기다려요. 곧 나와요."

"이러면 손해 보고 파는 거예요."
"어머, 정말 잘 어울리세요."
"곧 나올 거예요."
장사꾼의 이런 3대 거짓말이 이곳이라고 해서 다를 게 없구나 싶었다.

그러고도 한참 뒤에 음식이 나왔다. 할머니 혼자 음식을 준비하는데다 앞의 가족이 한꺼번에 많은 음식을 주문 한 터라 정신없이 분주했던 것이다. 손녀

오늘 저녁은
콩 볶음 요리야.
내 아들이
가장
좋아 하는
음식이거든.
강동범
2015

로 보이는 아이들이 떨어진 재료를 사러 뛰어 나가곤 하는 것을 다 본 터라 음식 늦는 것에 기분이 상하지는 않았다.

허기 때문이었을까? 한 숟가락 두 숟가락 먹다가 깜짝 놀랐다. 지금까지 내가 먹던 음식과는 맛의 차원이 달랐다. 깊이가 있었다. 볶음밥은 바질과 야채, 돼지고기를 다져 넣어 볶았는데 매콤한 고추가 입맛을 돋우었다. 즐겨 먹는 요리여서 태국 어느 지역을 가나 꼭 한 번씩은 먹어 보는데 지금까지 먹어 본 것 중 단연 최고의 맛이었다.

"달인이다. 내가 달인을 만난 거야." 기다리길 잘했다고 나 자신을 칭찬했다. 한 숟가락 먹고 할머니 한 번 보고, 또 한 숟가락 먹고 할머니를 보면서 음식 맛을 극찬하였다.

옆 가족은 예상대로 대부분의 음식을 남기고 떠났고, 할머니와 손녀들이 식사를 준비해 자리에 앉았다. 만들고 남은 음식들로 맛있게 식사를 하던 할머니도 나를 계속 쳐다보며 맛있게 먹으라며 손짓했다. 역시 음식은 오래된 손맛인가 보다. 엄마 생각이 났다.

식사를 마치고 담배까지 피우고 나니 몸에 힘이 나고 눈도 밝아졌다. 잘 먹었다는 감사의 몸짓으로 최대한 정중하게 엄지를 몇 번이고 치켜세웠다. 뿌듯한 마음으로 다시 동네 산책을 즐기러 나왔다.

너무 오래 돌아다녔는지 어느새 날이 저물고 있었다. 서둘러야 했다. 숙소로 가기 전에 내일 라오스로 넘어가는 슬로 보트 안에서 먹을 간식을 챙겨야 했다. 하나밖에 없는 편의점에서 이것저것 사고는 숙소로 돌아가려는데 어느새 어두워졌다.

숙소가 멀지 않은 곳에 있어서 천천히 걸었다. 그런데 앞서 가는 사람들이 계속 머뭇머뭇거리면서 지나갔다. 무슨 일인가 살펴보아도 딱히 길을 막을 만한 것은 없었다.

"끼약!" 하는 여자의 비명 소리에 놀라 돌아보니, 길바닥에 빗줄기 같은 것이 쏟아졌다. "후두둑 후둑 후두두둑." "지지지 째째짹 지지직."

하늘에서 무언가가 떨어짐과 동시에 제법 소란한 새소리가 울려 퍼졌다. 놀라서 황급히 하늘을 올려다보니 전선 위에 새들이 한 치의 틈도 없이 빽빽이 앉아서 울고 있었다. 그러고 그 밑으로는 엄청난 똥비가 하얗게 쏟아지고 있었다. 검은색 바닥이 마치 페인트칠을 하다가 만 것처럼 하얗게 덮여 있었다.

사람들은 새똥을 피해 지날 틈을 노리느라 멈췄다가 뛰기를 되풀이하고 있었던 것이다. 나는 어쩐지 호기심과 스릴이 느껴져 마치 게임이라도 하듯 달리다가 멈춰 피하기를 되풀이하며 숙소로 갔다.

그냥 이렇게 쉬고 있습니다
걱정도 근심도 많지만
잠들고 말았습니다.
그래서 지금은 달콤합니다
누구도 부럽지 않습니다.

난데없는 새똥 공격에 혼비백산했지만, 그 길을 벗어난 뒤에 다시 올려다보니 몇 십 미터가 넘는 긴 전선줄을 따라 수만 마리의 새가 어디선가 날아와 동시에 똥을 싸고 있는 모습은 과히 장관이었다. 그러면서 한편으로는 황당하기도 하고 웃겼다.

한참을 서서 다시는 보지 못할 장관을 구경하고 있는데 숙소 여직원과 눈이 마주쳤다. 나는 기사도 정신을 발휘해, 한 손으로 그를 막고 검지를 치켜세워 새들을 가리키고 다시 손가락을 아래로 내리며 바닥의 똥도 가리켜 보였다. 그러면서 그를 바라보며 꼭 다문 입으로 고개를 절레절레 흔드는 것도 잊지 않았다. 무뚝뚝한 표정의 그는 피식 웃더니 손에 든 우산을 확 펴서 쓰고는 늠름하게 거리로 나갔다.

그때의 그 자신감 넘치는 뒷모습이란 쏟아지는 새똥이 아니라 총알이라도 피해 갈 것 같았다. 그에게 박수를 보내다가 문득 한 생각이 떠올라서 급히 숙소로 뛰어갔다. 얇은 나무 벽으로 만들어진 방으로 들어가 최대한 빠르게 잠들어야 했다. 옆방의 코고는 그 남자가 나보다 먼저 잠들어 버리는 사태가 생긴다면 상쾌한 내일을 장담할 수 없기 때문이었다.

귀 기울이다.

나는 그것에 귀 기울였다.

염소의 울음소리

아이들의 웃음소리

소들의 이동 소리

심지어 햇살이 비치는 소리와

노을 지는 오래된 길에까지도

귀 기울였다.

그러자 내가 귀 기울인

모든 것들이

나에게 귀 기울였다.

꿈꾸는 사람
길찾는 사람.

허공 끝자락에서 가만히 내딛는 발걸음.
스님들의 탁발은 평등이요, 평화다.
고요한 저 발걸음에 위 없는 깨달음이 담겨 있다.

내가 보고 있는 곳이 너와 같은 곳이길 / 라오스

곱게 깔아 놓은 잔디 위 푯말
"들어가지 마시오."
이유 없는 반발심이 치솟은 나는
하면 안 되는 것을 하는 사람이고 싶다.

어디에나 있는
멈춰 있는 시간,
슬로 보트

시간과 함께 흘러가는 슬로 보트 위에 앉아 있다. 따가운 햇살이 내리쳐 황토빛 강물이 금빛으로 반짝였다. 보트 안에는 인종과 국적이 저마다 다른 많은 사람이 함께 어울려 있었다. 이제 그들과 나는 1박 2일 동안 같은 공간에서 같은 시간을 함께할 것이다. 도망갈 곳은 없었다.

이른 아침부터 서둘러 라오스로 넘어가기 위해 씻지도 않고 밖으로 나와야 했다. 라오스로 넘어가는 여정은 짧지만 번거로웠다. 툭툭 한 대가 숙소로 와서 나를 포함한 일곱 명의 여행자를 싣고 국경을 넘는 우정의 다리로 우릴 데려다주었다.

국경에서 우리는 입국 서류와 함께 심사를 거쳤다. 가는 날이 마침 주말이어서 입국 심사대에는 추가 요금을 요구하는 안내판이 친절하게 놓여 있었고 제복을 입은 여자는 꼼꼼히 돈을 거두어 갔다.

다리를 건너면 라오스인데 걸어서 갈 수는 없다. 다시 다리를 건너는 버스표를 끊고 버스에 올라탔다. 오직 차들만 지날 수 있는 다리다. 버스 말고는 그 어떤 차도 볼 수 없었다.

물이 불어 강물의 속도에 힘이 들어가 있었다. 채 오 분도 걸리지 않아 우리는 라오스에 도착했다. 그냥 다리 하나 건넜을 뿐인데 나라도 화폐도 바뀌었다.

같은 숙소에서 출발한 일곱 명은 다시 툭툭을 타고 여행사의 작은 사무실로 갔다. 우리를 실어 나른 가이드의 사무실이었다. 왜 굳이 이곳에서 대기할까 싶었는데 이내 속내가 훤히 보였다.

그곳에선 샌드위치와 물, 음료 등을 진열해 놓고 팔았다. 가이드는 이곳이 물건을 살 수 있는 마지막 가게라고 일러 주었다. 보트에 오르면 점심이나 물을 구할 수 없다고 하니 사람들은 모두 샌드위치와 물을 샀고 나 또한 감사해하며 샀다. 가이드는 자기에게서 환전을 해도 된다며 몇몇 사람의 달러나 태국 돈 "바트"를 라오스 돈인 "키프"로 환전도 해 주었다.

참 친절하기도 하지. 하지만 나는 그동안의 경험으로 좀 더 신중해야 할 것 같아서 샌드위치만 사고 멈추었다. 다시 툭툭을 타고 루앙프라방으로 가는 1박 2일의 슬로 보트를 타는 선착장에 도착했다.

역시나 그곳에는 꽤 많은 가게가 음식을 팔았고, 가이드가 안내한 곳보다 더 좋은 환율로 돈을 바꿀 수 있었다. 같은 샌드위치도 이곳이 값이 더 쌌다. 그럴 줄 알았다는 듯이 일곱 명의 여행자는 모두 헛웃음을 지으며 자기가 산 샌드위치를 바라보며 고개를 저었다. 얼마 지나지 않아 우리는 보트에 올랐다.

백여 명쯤 탈 수 있는 보트는 번잡스러웠다. 보트 좌석은 낡은 자동차의 의자로 만들었는데, 고정되어 있지 않아서 보트가 흔들리면 그대로 미끄러졌다.

빈자리 없이 빼곡하게 사람들을 채운 뒤 인원 점검을 하느라 여기저기에서 큰소리가 오고 갔다. 직원들의 실수로 인원이 계속 맞지 않자 여행자들이 서로 도와서 인원을 점검하기도 했다.

예정보다 조금 늦은 시간에 보트는 강물을 가로질렀다. 이름대로 천천히 속도를 내며 강을 따라 움직이는 슬로 보트 옆으로 하루 만에 루앙프라방에 도착하는 스피드 보트가 쌩 하고 지나갔다.

몸집 작은 스피드 보트에는 네 명이 타고 있었는데 모두 오토바이 헬멧을 쓰고 있었다. 엄청난 엔진 소리와 바람을 가르는 속도 때문에 무더위 속에서도 옷을 두껍게 입고 헬멧까지 써야만 했다. 저 상태로 일곱 시간 넘게 견디어야 하다니, 생각만해도 괴로웠다. 우리 보트 안의 사람들은 슬슬 느린 속도에 지겨워졌는지 서로 말을 걸거나 준비해 온 음식들을 먹기 시작했다.

슬로 보트를 타고 루앙프라방으
점점 세상이 멀어 지는

슬로 보트는 강을 끼고 살아가는 이곳의 소수 민족 주민들 교통 수단이어서 루앙프라방을 가면서 꽤 많은 마을을 들른다. 보트가 마을에 닿을 때마다 사람들은 도시에서 산 가전제품이나 생필품을 한가득 가지고 내리고 또 일군의 사람들이 도시에 가기 위해 배에 올랐다. 하루에 한 번 들르는 보트를 구경하러 나온 동네 아이들이 손을 흔들며 돌아오는 가족을 마중하는 장면은 언제 봐도 뭉클하다.

머리에 꽃을 꽂은 미국 여행자가 옆자리에 앉아서 그림을 그리는 내 모습을 한참을 지켜보더니 그림을 보여 달라고 졸랐다. 그러고는 여행 노트를 펼쳐서 자기를 그려 달라고 했다. 그의 당당함에 웃음이 나왔다.

슬로 보트는 1박 2일 동안 함께한 사람들과 묘한 동지애를 갖게 한다. 여기서 보거나 알게 된 사람들은 여행 내내 길에서 만나거나 스치게 된다. 길에서 만나면 우리는 서로 웃으며 인사하고 같은 추억을 이야기하기도 했다. 이들을 나는 "보트 동기"라고 불렀는데 영국 노부부와 태국 커플, 여행 와서 처음 만난 나라인 몰디브 커플들은 라오스 여행 내내 다른 도시에서도 간간이 마주쳤다.

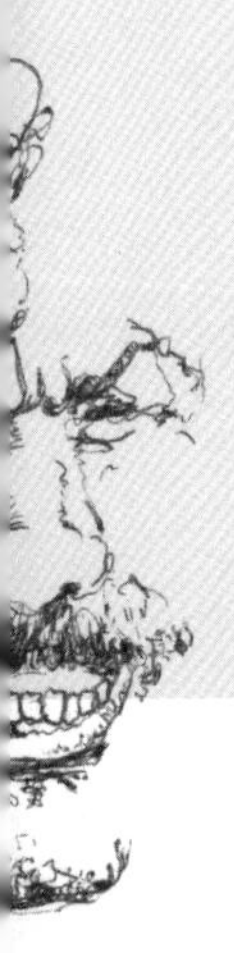

특히 꽃을 꽂고 그림을 그려 달라던 미국 여행자는 그 독특한 모습 덕에 태국 길거리에서 마주쳐도 한눈에 알아볼 수 있었다. 날이 어둑해지고 하룻밤을 묵어갈 마을에 보트가 정박했다. 배에서 내려 숙소를 잡고 하룻밤을 묵은 뒤 다음날 아침 일찍 다시 보트에 올랐다. 루앙프라방에 도착한 것은 그날 저녁이 다가올 때쯤이었다.

슬로 보트 안에서는 시간이 흐르지 않는다. 시간이 멈춘 곳에서 우리는 저마다 자기를 만날 것이다. 똑같이 주어진 시간 안에서 몇 번씩 자기의 마음을 다잡았을 것이다.

이제 라오스의 시간을 맞이한다.

PEPSI

여행을 떠나기 전 꼭 챙기는 것.

다용도 콘센트와

말리지 않아도 쓸 수 있는 스포츠 수건,

손톱깎이, 라이터, 두통약, 나침반,

복대, 지퍼 백, 라면, 빨랫줄, 선글라스,

노트와 펜, 카메라.

그리고

떠나는 나를 언제나 아쉬워하는 너의 눈빛.

ດວງປະເສດ
하루만 머무르는 도시.
나에게 허락된 시간.

그러다 보면
언젠가는

- 난 준비하고 있어.
- 무슨 준비?
- 지금보다 나은 다른 삶.
- 그게 뭔데?
- 복잡하지 않고 생활에 휘둘리지도 않는 거지.

- 그럼 넌 어떻게 준비하고 있는데?
- 하기 싫어도 해야 되는 일을 하면서 그날을 위해 돈을 모으고 참고 견디고 있지. 내가 생각해도 대견한 일이야.
- 돈을 모으면 네가 원하는 삶을 살 수 있는 거야?
- 당연하지. 쉬지 않고 계속 모으면 언젠가는 가능해질 거야.
- 와! 그때가 되면 내게 꼭 알려 줘.

- 근데. 넌 어쩌려고 아직도 그러고 사니? 넌 나처럼 지금보다 나은 삶, 행복한 인생에 대해 생각조차 하지 않고 시간만 허비하고 사는 거니?
- 그러게. 난 너처럼 똑똑하지 못해서 모아 놓은 돈은 별로 없어. 하지만 내일은 여행을 떠나.

- 떠나다니?
- 네가 말한 다른 삶, 나은 삶이 있는 곳으로, 지금이 아니면 알 수 없는 세상으로 말이야.

우리는 편하고 느긋하게 살기 위한
그 날을 꿈꾸며 오늘을 바쁘게 살아간다.
그러다 보면 결국 죽어서야 느긋하게 살게 된다.
꿈은 그런 것이 아니다.
진정.

여행을 간다는 건
시간의 문제가 아니라
삶의 문제이다

이 넓은 우주,

그 중에 지구,

그 안에 내가 살고 있는 세상.

수많은 사람 속에

나는 작은 티끌,

잘난 너도 나보다 조금 더 큰 티끌.

결국 같은 티끌일 뿐이야.

루앙프라방의
소리

생활에 쫓기며 정신없이 달려온 사람들도 잠깐 멈추고 시간을 새삼스럽게 바라보게 되는 곳, 시간이 느리게 흐른다는 것을 깨닫게 되는 도시, "루앙프라방."

이곳에서는 부지런한 사람은 있어도 바쁜 사람은 만날 수 없다. 도시 전체에 흐르고 있는 나지막하게 들리는 경전 읽는 소리와 사람들의 웃음 띤 얼굴이 시간을 붙잡고 있는지도 모른다. 아기자기한 골목길 집 담벼락에 걸린 오색 빛깔 빨래가 가족의 구성원을 그대로 말해 준다.

놀고 있는 아이들도 지나가는 행인들도 여행자에게도 "사바이 디" 하며 스스럼없이 인사를 건네는 이곳의 편안함은 어디서 오는 걸까.

조용히 흘러가는 메콩 강처럼 사람도 시간도 눈물마저도 느리게 흘러간다. 어디에서도 시끄러운 소리는 들리지 않는다.

우리는 행복이 미래에 있다고 생각합니다.
보이지 않는 행복을 계속 바라며
앞으로 나아가기만 합니다.

행복은 잡히지 않습니다.
행복은 미래에 있지도 않습니다.

그냥 바로 여기 있습니다.

당신 옆에서 있습니다.

잠깐만 멈추고 얼굴을 돌려보세요.

다른 건 모두
소음일 뿐이야

세상 모든 것에
감사하라 그러므로
빛이 내린다

스님들은 웃지 않아요
그래야 한다니 오해하지 마세요

이른 새벽 동이 트기 전에 푸석푸석 부은 눈으로 허겁지겁 달려 나왔다. 루앙프라방에 오면 꼭 보고 싶었던 탁발 행렬을 보기 위해서였다.

자욱한 새벽안개가 골목과 거리를 꽉 메우고 있었다. 지나치게 일찍 나온 건 아닐까 걱정하고 있을 때쯤 하나둘 사람들이 보인다. 사람들은 예의를 갖춰 깨끗한 옷을 차려입고 손에는 나무로 만든 통을 들고 있다.

찻길 양쪽 보도에는 어느새 간이 의자가 놓여 있었다. 지역 주민은 각자 자기가 앉을 의자나 방석을 가지고 나왔다. 이 간이 의자들은 탁발하는 스님에게 음식을 공양하는 것을 경험해 보고 싶은 관광객들을 위해 준비 해 놓은 것이었다. 공양할 음식을 미처 준비하지 못했더라도 걱정할 필요가 없다. 공양을 위한 밥, 과일, 과자까지 팔고 있는 사람이 즐비하기 때문이다.

라오스의 스님들은 아침에 탁발한 음식으로 하루를 지낸다. 인심 좋고 불심 깊은 라오스 사람들은 스님에게 드릴 공양을 하루도 거르지 않고 준비한다. 눈앞을 가로막던 안개가 걷히며 아주 느리게 아침이 밝아왔다. 할머니 한 분이 평온하고 익숙하게 자리를 잡고 앉는 모습을 가만히 지켜본다.

묵직한 종소리가 길을 트며 울린다. 회색빛 거리에 등이 켜지듯 밝은 주황색이 차츰 늘어난다. 한 줄로 나란히 걸어오는 스님들이 한 쪽 어깨에 통을 메고 한 줄로 나란히 앉아 있는 사람들 앞을 지나가며 음식을 받는다.

스님들의 탁발에 응대하여 보시할 때는 정중하게 해야 한다. 재미 삼아 하거나 스님에게 말을 걸거나 지나가는 길을 막아서거나 해서는 안 된다. 더러 사진을 찍으려고 탁발을 방해하거나 행렬을 멈추게 하는 사람들도 있는데, 그건 정말 예의에 어긋나는 일이다.

스님이 지나가면 무릎을 꿇거나 다리를 모으고 자세를 낮추어 조심스럽게 음식들을 통에 넣어 드려야 한다. 자칫 한꺼번에 너무 많은 양을 넣으면 준비해 온 밥이 금세 동나 버릴 수도 있으니 조금씩 고르게 나누는 요령이 필요하다. 과자를 준비해 놓고 어린 동자승이 지나가면 밥 대신 과자를 드리기도 한다. 과자 공양을 받자 무표정하던 동자승의 얼굴에 살짝 웃음기가 스쳤다. 동자승의 은근한 천진함에 보는 나도 절로 입가에 웃음을 띠었다.

생각보다 빨리 탁발 행렬이 끝났다. 사원이 많은데 늘 같은 시간에 탁발을 하기 때문에 골목마다 각기 다른 사원의 행렬이 있다. 이 거리 저 거리에서 탁발이 끝나고 스님들은 사원으로 돌아간다.

그즈음 큰 바구니를 든 아이들이 사원으로 돌아가는 스님들을 기다린다. 이

번엔 아이들의 행렬이 길게 늘어섰다. 낡고 헤진 옷을 입은 아이들이 새까만 손을 모아 공손히 합장을 하고 앉아 있다. 툭, 툭. 아이들의 바구니 위로 밥이랑 과일들이 떨어진다. 공양 받은 음식을 스님들이 아이들에게 나누어 준다.

스님들이 자기가 먹을 하루의 음식을 떼어내 어려운 사람들에게 나누어 주는 광경은 자못 감동적이었다. 스님들의 맨발이 유난히 빛나게 느껴졌다.

사람들이 다시 집으로 돌아가는 시간. 공양을 끝낸 할머니의 얼굴에 평온함이 깃들었다. 공양발 음식을 팔던 아주머니들 얼굴에도 웃음꽃이 피었다. 관광객들은 아름다운 추억을 선물 받고 뿌듯하게 돌아갔다. 나도 이 작은 베풂으로 살아갈 힘을 얻는다.

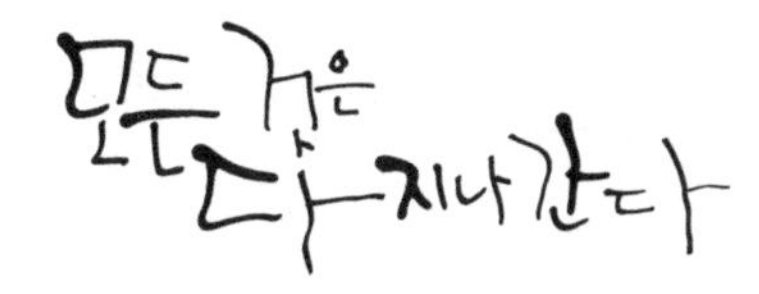
모든 것은 다 지나간다

속세를 벗어 던지고

오롯이 삶을 짊어지는

한 소년이 있습니다.

그는 부족하지 않은 집에서 태어났어도

언제나 부족했고 많은 것을 바랐습니다.

버림이 채움이라는 아버지의 권유로

소년은 머리를 밀고 조용한 세상으로

들어가기로 했습니다.

가족은 기뻐했고 소년은 울었습니다.

많은 소년이 줄을 지어 차례를 기다립니다.

눈물을 흘려 때를 벗기라도 하는지

소리 없는 울음이 곳곳에서 퍼집니다.

이제 소년은 소년이 아닙니다.

세상을 짊어질 또 하나의 빛이 됩니다.

그 길에 두 손을 모읍니다.

난 나에게
시간이 많이 남은 줄 알았어

"6시 내 고향"을 볼 때마다 시간이, 세월이 참 빠르다는 것을 생각하곤 해.
우리는 시간이 그렇듯 빠르게 흐르는 것을 자각하지 못하지.
조카가 커 가는 모습이나
오랜만에 만난 지인들을 통해서 문득 깨닫고는 하지.
나도 텔레비전 속 저 노인들처럼 시간에 속아서 금방 변해 있을 텐데
지금 무엇을 위해 이렇게 쫓기면서 살아가고 있는 걸까?

넘어질 뻔했는데

울음 쏟아질 뻔했는데

나는 다시 걷고 있네.

너에게 보내는 마지막 경고

너 지금 당장 자리에서 일어나.
지금 네가 가장 먹고 싶은 걸 먹어.
어떤 거라도 네가 가장 갖고 싶은 걸 사.
무엇보다 네가 가장 가고 싶은 곳이 있다면 당장 떠나.

지금 내가 하는 말을 듣지 않는다면 내가 장담하는데
반드시 지금 이 경고를 무시한 너를 원망하게 될 거야.
아무쪼록 후회하지 말기를!

해가 져 버린
이층 카페에서 보이는 풍경

2층 난간에서 식어 버린 커피 한 잔으로 여유를 부린다. 밖은 어둠이다. 몇몇 불빛이 겨우 거리의 모습을 유지시킨다. 루앙프라방의 밤은 꽤 서늘하다.

그때 카페 종업원이 홀로 바깥에 앉아 있는 경비원 아저씨에게 말을 건네며 따뜻한 커피를 가져다준다. 아저씨는 그 커피 한 잔을 소중히 받아 들고, 플라스틱 의자를 하나 더 가져와서 자신의 의자 옆에 커피의 자리를 마련한다. 커피에 스틱 설탕을 뜯어서 넣고 저은 뒤 천천히 음미하면서 마신다.

"고맙다"는 말이 들리지 않을 정도의 거리지만, 경비원 아저씨가 커피를 받고 마시는 몸짓에서 그 어떤 표현보다 감사함이 느껴진다.

감사하다는 말의 의미를 얼마나 느끼며 살까. 입버릇처럼 인사처럼 내뱉는 말이 아니라 저 몸짓처럼 마음처럼 느껴 본 마음이 언제인지 기억이 나지 않는다.

나는 착한 사람이다.
그런데도 그렇단 말이다.

마음이 급해진 것 같습니다.

조금만 멈추어 생각했더라면……

지금처럼 힘들어하지 않았을까요?

느리게 살고 싶다고 외쳐 보지만

나는 지금 또 뛰고 있었던 걸까요?

그게 그리도 힘든 일이었다는 걸

뛰는 것보다 걷는 것이 더 어렵다는 걸

조금

오늘

조금 알게 되었습니다.

그럼 다시

조금만 더

천천히 걸을래요.

같이 걸어요.

머리에

꽃이 피도록

무얼 그리

생각하나요.

매일 맞이하는 어둠을 두려워할 필요는 없지

새벽 4시 버스는 우리를 뱉어 내고 떠나 버렸지.
불빛조차 없는 넓은 황무지의 정류장엔 정말 아무것도 없었지.
정류장이란 표시마저 없는 곳이었어.
우린 가방을 메지도 못하고 그냥 서 있을 수밖에 없었지.
어디로 가야 할지 어느 방향인지도 알 수 없었으니.
멀리서 처량한 개 울음소리가 들리고 알 수 없는 냄새와 짙은 어둠은
우리를 충분히 겁먹게 만들었지.
우리는 도대체 왜! 이런 시간에 도착하는 버스를 탔는지.
그들은 도대체 왜! 이런 시간에 다니는 버스 일정을 짰는지.
알 수가 없었어.
버스에서 내리면 그냥 도시일 줄 알았지.
아니 그 정도는 아니더라도 작은 집이나 가게라도 있을 거라 믿었지.
원망을 쏟을 버스는 이제 보이지 않으니 늦어 버렸어.
그때 우리가 울었는지 알 수는 없어.

내 눈물도 네 눈물도 보이지 않는 어둠 속이었으니 그냥 그렇게 서 있었어.

시간은 점심시간을 기다리던 학창 시절처럼 눈에 보이듯 느렸지.

시원한 바람이 훅— 하고 지나갔어.

순간 바람이 어둠을 밀어 버린 것처럼 네가 보였지.

네 등 뒤로 날이 밝아 왔어.

긴 터널을 지나면 순식간에 밝음이 오듯이 그렇게 왔어.

네 눈동자에도 내 얼굴에도 땅 위에서도 빛이 나기 시작했지.

우리는 배낭을 메고 사실 눈에 보일 만큼 가까웠던 마을로 향했어.

이제야 우리는 왜 그 버스를 탔는지,

왜 그 시간에 버스가 우리를 내려 준 건지 알게 되었지.

우리에게 아침의 얼굴을 보게 해 준 버스에게 고맙기까지 했지.

우리는 보이지 않는 미래가 두려워 바둥거렸지.

그래, 그때 울부짖고 절망하지 않아도 아침은 곧 밝았겠지.

미래는 밝았겠지.

물웅덩이는
속 좁은 나를 피해 다니지

바람이 불듯이 빗줄기가 날린다.
건조해진 얼굴에 비가 한 방울 두 방울 스며든다.
구름 사이로 빗줄기와 함께 쟁한 햇빛 줄기가 내린다.
거리는 온통 진흙밭이지만
사람들은 전혀 아랑곳하지 않고 텀벙텀벙 걷는다.
속 좁은 나만 물웅덩이를 피해
이리저리 폴짝거리며 발을 내딛는다.
집안이 활짝 들여다보여도, 길거리 먼지로 밥을 싸 먹어도
이곳 사람들은 행복해한다.
뭐가 그리 좋을까…….
나는 알 수 없는 물음을 품은 채
다시 발걸음을 내딛으며 폴짝거린다.

시골마을에서 만난 인심 좋아 보이는 아저씨.
웃을 때마다 살짝 드러나는 금니가 묘하다.
오래된 마을에 오래된 아저씨가 살고 있다.

라오스에서는 길을 잃어도 반가워

누구든 웃는 얼굴로 반겨 주거든

길을 물으면

우리는 언제나

반가운 친구가 되지.

빈 시간에
할 수 있는 일

모든 계획이 멈추어 버린 순간,
당신은 무엇을 하겠습니까?
빽빽하게 짜여 있던 오늘의 일정이
갑자기 모두 취소되었다면
남은 하루를 어떻게 보내겠습니까?
굳이 새로운 일정을 짜지 마세요.
천천히 지나가는 시간을 즐기세요.
오늘의 시간에게 오늘의 나에게
느긋한 하루를 선물하세요.

3
4
5
6
7

남겨진 시간을 보내는 방법

갑자기 많은 시간이 생긴 지금, 나는 이런 시간을 어떻게 사용해야 할지 몰랐다. 빈 시간이 주어진다면 "책도 읽고 잠도 자고 이것저것 할 수 있어 정말 좋겠구나" 하고 평소에 생각했지만, 막상 그 시간이 주어지면 즐겁거나 행복하지가 않았다. 오히려 불편했고 불안해 어쩔 줄 몰랐다.

나는 시간을 잘 보내는 법 따위를 배우지 못했다. 늘 시간은 짜여 있었고 누군가의 시간 틀에 맞추며 살아왔다. 어쩌다 이렇게 되었을까? 환경을 탓하지는 말자. 나만 그렇게 살아 온 것도 아니니까.

누구도 내게 시간을 보내는 법을 알려 주지 않았으니 이제 스스로 찾아야 할 때다. 그리고 나 같은 너에게 알려 주어야겠다. 올바른 시간 사용법을 말이다.

라오스에서 만나 어린 소녀가

초롱초롱한 눈으로 나를 바라보았다.

햇살보다 뜨거운 눈으로 바라보았다.

눈이 시려서 쳐다보기가 어려웠는지

아니면 내 속이 부끄러운지

나는 고개를 돌리고 말았다.

"…… 착하게 살게요."

아직은 때가 아니야

라오스의 작은 마을 방비엥은 요즈음 마치 "한국 시즌"이 열리고 있는 듯하다. 한국의 지방 소도시에서 열리는 축제에 온 듯한 착각이 들 정도다. 이 작은 마을의 두 개의 큰 도로(한쪽 끝에서 다른 한쪽 끝까지의 걸어서 십 분쯤 걸린다)를 한국 관광객이 점령하다시피 하고 있다. 이 모든 소동이 다 한국의 어느 텔레비전 프로그램에서 비롯되었다. 젊은 배우 세 명이 다이빙을 하고, 오토바이를 타고, 카약을 타며 신나게 휴가를 즐기는 모습이 사람들을 난생처음 이름을 들어본 이 시골 마을로 모여들게 한 것이다. 여기저기 방송 화면 캡처 사진들이 걸려 있고, 누가 다녀간 집이라는 광고판이 즐비하고, 한국인 입맛에 맞는 음식점들이 들어섰다. 조용하고 고즈넉하던 이곳 풍경을 순식간에 바꿔 버렸다.

관광업으로 먹고사는 현지인들이야 때 아닌 호황을 반길 수도 있겠지만, 방비엥 열기에 편승해 이곳을 찾은 한국인 관광객의 시각은 다를 수 있다. 사실 텔레비전이 보여 준 것이 이 작디 작은 시골 마을의 전부일 뿐이니 말이다. 게다가 비행기를 다섯 시간 넘게 타고 와서 다시 버스를 타고 네 시간 이동해서 겨우 겨우 도착한 휴양지에서 구경할 만한 것이 흙먼지가 풀풀 날리는 도로와 자신과 같은 처지의 한국인뿐이라는 사실은 맥 빠지는 일이 아닐 수 없다. 그런 실망감을 보상이라도 하듯이 사람들은 밤새도록 호텔 복도에서 춤추고 노래하고 술을 마시고 그것도 모자라 도로에까지 나와서 술을 마시고 노래를 불렀다. 그 밝은 불빛 뒤의 어둠 속에서 방비엥 주민들은 그 볼썽사나운 풍경을 팔짱을 끼고 구경하고 있었다.

아침이면 주민들은 길바닥 여기저기 버려진 술병들과 쓰레기들을 치운다. 한국인들을 보는 주민들의 얼굴에 웃음기가 사라져 보이는 건 기분 탓만은 아닐 것이다.

이른 아침 자전거를 타고 쓰레기로 더럽혀진 골목을 벗어났다. 페달을 더 빠르고 세게 밟았다. 십 분쯤 달리자 드넓게 펼쳐진 논이 보였다. 논에서 허리 숙여 일하는 농부도 보였다. 그제야 이곳에 온 이유를 알게 되었다.

눈 마주치지 말자

얼굴을 기억해 버리니까

이름을 불러 주지 말자

널 알아 버리니까

웃어 주지 말자

정 들어 버리니까

이별은 쉽고

추억은 아프니까

어느 마을이나 동네 아이들이 골목을 차지하고 있다. 야무져 보이는 놈 하나가 슬쩍 다가와 나를 살핀다. 그러다 이내 뭐 하나 얻어먹을 게 없어 보였는지, 나를 획 돌아 무리로 돌아간다. 으흐흐흐……, 나 지금 떨고 있니?

조금 더 어른이
된다는 것

바나나를 파는 소년이 있었다. 노랗게 익은 바나나를 힘겹게 운반하던 소년의 손은 바나나 다발의 크기에 비해 터무니없이 작아 보였다. 이빨이 두어 개가 없는, 나이보다 분명 더 늙어 보이는 사내의 지시에 따라 소년은 바쁘게 움직였다.

버스가 승객을 다 채우기 전까지는 움직이지 않을 거라는 것쯤은 나도 경험으로 이미 알고 있었다. 할 일이 없던 나는 들키지 않게 흘끔거리며 소년이 바나나 옮기는 모습을 지켜보았다. 자기 덩치보다 큰 바나나 다발을 쉴 새 없이 빠르게 운반하는 소년의 모습에 나도 모르게 감탄과 안쓰러움이 뒤섞인 탄성이 튀어나왔다.

소년은 힘에 부치지만 절대로 멈추지 않았다. 만일 잠시라도 쉴라치면 사내의 날카로운 목소리가 소년을 가만히 놔둘 리 없을 것이다. 이미 운반한 바나나 다발보다 옮겨야 할 것들이 아직도 산더미 같은데 소년은 벌써 지쳐 보였다. 그렇게 옮긴 바나나만큼 소년은 나이가 든다.

어느새 어른들의
세계에 들어왔고
그들처럼 변해갔다

우리는 늘 싸움을 하지.

때로는 힘들게 싸울 수밖에 없어.

유리한 상황만 맞는 건 아니니까.

내가 가진 것이 적더라도

나를 도와주는 사람이 없더라도

우리는 계속 싸워 나가는 거야.

때론 지기 위해 싸울 때도 있어.

그래도 나는 끝까지 싸워 볼 거야.

구름이 잔뜩
끼어 있을 때가
멋진 하늘인 거야

여기서 이러시면
안 됩니다

뭔가에 홀려도 단단히 홀린 것이 분명했다. 다음날 아침이 되어서야 가방이 없어진 걸 눈치 챘다는 건 말도 안 된다. 방을 샅샅이 뒤져도 가방은 나오지 않았다. 전날 밤의 기억을 더듬다가 저녁을 먹은 한 식당이 생각났다. 식당에 앉으면서 옆 의자에 가방을 벗어 둔 것도 같았다. 급한 마음에 샌들을 신고 식당까지 내달렸다. 아침시장에 나온 사람들 틈을 비집으며 코에서 단내가 나도록 뛰었다.

"오, 제발 신이시여." 내가 알고 있는 모든 신들의 이름을 부르며 뛰었다. 가방에는 아직 짱짱하게 남은 여행 자금 전부와 여권까지 들어 있었다. 내 전 재산과 가장 중요한 물건이 모두 들어 있다는 말이다.

입이 방정이라 했던가. 여행 오기 전 분실에 관한 질문에 "여행하면서 지금껏 한 번도 돈을 잃어 본 적이 없다"라고 자신만만하게 대답했더랬다. 그런 나에게 하늘은 "너도 별 수 없다"라는 교훈을 주려 했던 걸까?

역시나 식당에 가방은 없었다. 아는 사람 한 명도 없는 낯선 그곳에서 나는 그렇게 모든 걸 잃었다. 식당 문 닫을 시간 즈음이라서 나 말고는 손님이 없었고, 운이 좋으면 식당 주인이 가방을 잘 보관해 놓았을 것이라고 믿었다. 어제까지 내게 순박한 웃음을 지으며 음식을 건네던 식당 할머니는 갑자기 영어를 못하는 척했다.

오만 가지 의심이 머릿속을 비집고 다녔지만, 당장 그 식당에서 내가 할 수 있는 건 없었다. 어찌 되었건 내 부주의로 잃었다. 누구를 탓할 수도 없다. 다시 정신을 차려야만 했다.

수중에 남은 돈이라고는 하루 이틀 지낼 수 있는 돈이 전부였다. 다음날 출발하는 비엔티엔행 버스를 미리 예매해 둔 것이 다행이라면 다행이었다. 돈이야 한국에 있는 지인에게 부탁해서 해결할 수 있겠지만, 여권은 재발급 받아야만 여행을 계속할 수 있다.

축 처진 마음을 겨우 추스르고 숙소로 돌아왔다. 침대 위에 멍하니 앉아 시간을 흘려보냈다. 수많은 생각과 고민이 일어났다가 사라지길 되풀이했다.

여행의 의미도, 행복의 의미도 전혀 다른 얼굴로 나에게 다가왔다. 가방을 잃어버리기 전에는 얼마나 풍족하고 행복했는지 알지 못했다. 지금은 그 행복이 얼마나 소중하고 그리운지 절실하게 깨달았다. 우리는 왜 지난 뒤에야 또는 잃고 나서야 그때의 행복을 깨닫게 되는 것일까?

여행을 그만두고 한국으로 돌아갈까도 생각해 보았다. 하지만 그래도 아직 계획했던 여정의 반에 반도 마치지 못했다. 여기서 멈추고 한국으로 돌아간다면, 다시는 여행을 하지 못할 것 같은 생각이 들었다. 이렇게 돌아갈 수는 없었다. 다시 나는 걸을 것이다.

여러 가지 해결할 귀찮은 일이 남아 있지만, 천천히 하나씩 해결하며 앞으로 나아갈 것이다. 세상일이 내 마음대로 풀리지는 않겠지만, 계속 나아가는 것은 내 마음대로 할 수 있다. 무릎을 탁 치며 자리에서 박차고 일어났다.

"좋아. 괜찮아. 계속 가 보자."
나는 닥칠 어려움에 지지 않고 고개를 들었다.

돈을 버는 건

꽤나 중요한 일이다.

그렇다고 해서

그것만이

최선은 아니다.

รับขัดรองเท้า
50 บาท
กรุณา
ชำระเงิน

아는 것만큼만 보인다면
나는 아무것도 모른다

자, 이제 해결할 일들을 정리해 보자.
첫째, 방비엥 경찰서에서 여권 분실 신고서 작성하기.
둘째, 한국의 지인에게 여행 자금 송금 부탁하기.
셋째, 라오스 수도 비엔티엔으로 가서 여권 재발급 신청하기.
넷째, 남은 여행을 멋지게 마무리하기.
고민했던 것보다는 간단하다.
그렇게 해서 앞으로 펼쳐질 다이내믹 라오스의 여정이 시작되었다.

방비엥 경찰서는 멀지 않았으나 위치를 잘 몰라서 바가지까지 써 가며 툭툭을 타고 허름한 경찰서에 도착했다. 흰 러닝셔츠만 입은 경찰관이 성의 없게 경과를 듣고 딱 잘라 말했다. "돈은 찾을 수 없어. 네가 잘못한 거야. 여권 분실 신고서라도 작성해."

그러더니 그 경찰관은 어느새 웃옷을 제대로 갖추어 입고 돌아오더니 자기를 따라 오라며 불렀다. 좁은 방 안은 어둡고 침침했다. 범인을 취조하는 곳 같은 방안은 작은 탁자와 서류 뭉치들만 놓여 있었다. 경위서 두 장을 작성하라고 건네며 돈은 얼마를 잃어 버렸는지, 어디를 여행하는지 꼬치꼬치 캐묻기 시작했다. 내가 영어로 버벅거리고 제때 답을 못하자 경찰관은 목소리를 차츰 높이며 나를 압박했다.

마치 내가 큰 죄를 짓고 끌려온 사람인 양 느껴질 정도였다. 그런 상황이 그저 난감하였다. 내 목소리는 더 기어들고 글을 쓰는 손은 떨렸다.

경찰관은 서류철을 건네며 한마디 했다. "너 말고 많은 사람이 여권을 잃어버려서 이렇게 작성했어. 이런 일을 한다는 건 여간 귀찮은 게 아니야." 꽤 두툼한 서류철에는 한국 사람을 비롯한 여러 나라 사람이 쓴 경위서가 묶여져 있었다. 왠지 그것을 보니 나만 당하는 상황이 아니라는 생각에 조금 힘이 났다.

"그래서 말인데 내가 널 위해 이런 일을 해 주니 넌 보답을 해야 해." 순간 "어라?" 싶었다. 방으로 나를 불러 이것저것 취조하듯 물어 보며 분위기를 험악하게 만든 것이 바로 이것 때문이었구나.

화가 났지만 이곳에서는 따지거나 화를 내서는 안 된다. 자칫 이 사람들의 심기를 건드리거나 문제를 만들면 철창에 가두거나 서류를 만들지 못하게 하기 때문에 조심해야 한다고 이곳 한인들이 말해 준 적이 있었다. 속으로 또 얼마나 받아먹으려고 이렇게까지 분위기를 잡나 싶었다.

"2만 키프." 경찰관의 표정이 내 눈치를 보며 어색하게 뒤틀렸다. '2만 키프'라는 소리에 머리가 제대로 돌아가지 않아서 우리나라 돈으로 얼마인지 바로 계산이 되지 않았다. 그러다가 여기 라오 샌드위치가 만오천 키프인 게 떠올랐다.

돈을 몽땅 잃어버린 나에게 동정심이라도 생긴 걸까. 아니면 내가 그보다 큰 돈은 없을 거라고 판단한 걸까? 아무 말 없이 2만 키프를 건네주었다. 2만 키프는 한국 돈으로 삼천 원쯤이다. 방을 나오자 경찰관은 다시 좋은 사람으로 변했고 인심 좋은 웃음으로 나를 배웅했다. 혹시 잃어버린 가방이 신고되면 내가 묵는 숙소로 연락 주겠다는 친절함까지 보였다.

그 날 방비엥의 밤은 더 짙었고 어두웠다. 지인이 송금해 준 덕에 남은 여행을 위한 경비는 마련되었다. 다음날은 임시 여행증을 발급받으러 방비엥을 떠나 수도 비엔티엔으로 가야 했다.

"누구에게서 쫓기기라도 하듯이 황급하게 라오스를
떠났고, 다시는 되돌아오지 않기로 결정했다."

한시라도 빨리 가려고 가장 빠른 버스를 탔다. 네 시간쯤 걸리는 버스 길에 나는 발을 동동 굴렸다. 금요일이라 그날 안에

서류를 작성하지 못하면 그곳에서 주말을 고스란히 허비해야만 하기에 빠른 시간 안에 비엔티엔에 도착해야만 했다. 가는 날이 장날이라고 버스가 더 느리게 움직이고 휴게소에 더 오래 머무는 듯했다.

인터넷을 통해 여권 재발급 방법을 알아보니 관할 경찰서에서 여권 분실 신고서를 작성하고, 이민국에 가서 사진 두 장과 함께 서류를 작성해 분실증명서를 받고 나서, 대한민국 대사관을 방문하여 다시 여행증명서를 발급받은 뒤 또다시 라오스 영사국을 찾아가 여행증명서를 제출하면 임시 여권을 발급받을 수 있다. 아, 뭐가 이리 복잡하단 말인가!
대한민국 대사관에 전화를 걸어서 사정을 이야기하니 황당한 말만 내뱉는다. "여기서 여권 잃어버리면 안 되는데……. 정말 귀찮은데. 그 식당 주인한테 가서 여권이라도 달라고 사정해 봐요." 에라이, 됐다! 이젠 정말 기대도 안 한다.

비엔티엔에 도착하자마자 툭툭을 잡아타고 이민국으로 향했다. 역시 수도답게 건물이 즐비하여서 갑자기 시골에서 올라온 사람처럼 어리벙벙해졌지만 물어물어 이민국 서류를 넣는 곳으로 갔다. 금테 안경을 낀 듬직한 아저씨가 내 서류를 훑어보더니 친절하게 알려 주었다.

"여기가 아니라고……!" 세상 돌아가

영혼이 날 따라올 때까지 기다려라
인디언 속담

는 게 늘 그렇듯이, 시간에 쫓기며 어렵사리 찾아왔는데 잘못 왔단다. 툭툭을 타고 올 때 지나쳐 온 여행자 거리 쪽에 이민국이 있단다. 친절한 아저씨는 손수 약도와 태국어까지 메모해서 건네주었다. 다시 툭툭을 타고 달렸다. 아저씨의 유용한 메모 덕에 막힘없이 이민국으로 갈 수 있었다.

이민국은 작은 상점처럼 위장한 듯 눈에 잘 띄지 않는 곳이었다. 그러거나 말거나 안으로 뛰어 들어갔다. 그런데, 어쩌나 퇴근시간이 막 지났다. 혹시나 해서 사람들이 알려준 사무실로 가 봤지만 오늘 업무는 끝났단다.

이제 주말 동안 아무것도 못하고 월요일까지 꼼짝없이 기다려야 한다. 설령 월요일에 서류를 작성하더라도 이삼 일은 걸린다고 했다. 시간이 느리게 가는 라오스. 느긋하기만 한 라오스 사람들, 이곳의 시간은 나 따위에는 흔들리지 않고 오늘도 느리게, 느리게 흘러간다.

할 일 없는 주말을 보낸 뒤 월요일에 다시 찾은 이민국에서 서류를 신청하였다. 다음날 찾으러 오라는 말에 답답하기도 했지만 받아들이기로 했다. 여긴 라오스니까. 의미 없는 하루가 의미 없이 지나갔다.

그날 밤 모르는 번호로부터 뜬금없이 카톡을 받았다. 내 여권을 찾았다는 것이었다. 여행하던 한국인 학생들이 내 여권을 주웠고 여권에 적힌 내 전화번호로 카톡 메시지를 보내 온 것이다.

"제가 여권을 주웠어요. 어디세요?"

"우아아아아아아아아아아아!!!!"

그때의 기쁨과 고마움은 이루 말로 할 수 없었다. 비록 여권을 돌려받기 위해 이틀을 더 머물러야 했으나 그 이틀은 행복하기 그지없었다. 다시 세상이 아름다워졌고 사람들이 친절하게 느껴졌다.

모든 일정을 포기했던 나는 서둘러 여행 계획을 짜기 시작했다. 다시 찾은 소중한 행복이었다. 이 세상이 아직 멀쩡하게 잘 돌아가는구나 싶었다.

오늘 처음으로 생각했다.

나 잘 살 수 있을까?

우리 잘 살아갈 수 있을까?

  유난히 버거웠던 오늘.

  그냥 부는 바람에도 화가 났던 오늘.

앞으로 창창하게 남아 있는 인생길에 대해

"잘 살 수 있을까"로 시작해서

"잘 살 거야."로 끝났다.

다행이다.

그러기에는
오늘의 해가 너무 좋잖아

숨어 버리고 싶은 날
너는 나에게 전화했어.
다시 떠나자고
다시 한 번
나와 너와 우리가
숨겨진 보물을 찾자고.
떠나자는 너는
내가 딱 숨어 버리고 싶은 날
연락했어.
나는 딱 숨는 걸 미루고
지금 여기에 있어.
숨어 버리기에는 날이 너무 화창했거든.

라오스는 나를 쉽게 놓아주지 않았다

그런 밤이 있다. 어떤 소리가 유독 더 넓게 퍼져 나가던 밤. 정전이 운명처럼 다가오던 밤. 그날 밤 비가 요란하게 쏟아지고, 인터넷 선도 끊어지고 전기도 나갔다. 슬픈 이야기는 진행 속도가 얼마나 빠른가. 아니, 얼마나 느린가. 나는 그날 밤 내내 새벽이 올 때까지 흐느껴 울었다. 하지만 내가 말하고 싶은 것은 눈물에 대한 것이 아니다. 우리는 수많은 우연과 어떤 운명 속에서 영문도 모른 채 흘러가고 있음을!

나의 첫 번째 라오스는 지금으로부터 몇 년 전 여름이었다. 늘 그렇듯이 여름은 해마다 기록을 갈아치우듯 뜨거웠고, 학기 중이라 뒤로 미루었던 여름 방학 동안의 신혼여행은 태국과 라오스로 정했다.

일주일 동안 태국을 둘러보고 라오스 비엔티엔으로 들어온 지 사흘째 되던 날 밤. 그 밤은 내 가슴에 큰 이빨로 상처를 냈다.

늦은 저녁, 아내와 나는 카페에 갔다. 스마트폰이 보급되기 전이라서 이메일이라도 확인할라치면 노트북을 들고, 와이파이가 되는 장소를 찾아다녀야만 하던 시절이다.

나는 그날따라 이상하게 이메일이 확인하고 싶어서 초조했다. 하지만 안타깝게도 노트북을 호텔에 놓고 왔다. 카페와 호텔은 빠른 걸음으로도 이십 분쯤 되는 거리에 있었는데, 노트북을 가져와야만 할 것 같은 마음이 점점 커져만 갔다. 노트북을 가져오려고 호텔을 향해 달렸다. 걸어도 되었는데 왜 급하게 뛰었는지 지금 생각해도 모를 일이다.

삼십 분쯤 뒤 가쁜 숨을 몰아쉬며 카페에 앉아 노트북 전원을 켜고 와이파이 신호를 찾았다. 와이파이가 연결되기를 기다리는 몇 초가 길게만 느껴졌고, 마침내 이메일을 열었다. 그리고 그 순간 그날의 시간은 멈추었다.

"처남, 둘째 매형인데 메일 보는 대로 연락 부탁해. 장인 어른께서 오늘 오후 갑자기 돌아가셨어. 빨리 연락 부탁해."

어릴 적 나는 아버지의 "껌딱지"였다. 아버지의 낡은 혼다 오토바이의 뒷좌석은 언제나 내 차지였다. 낡은 오토바이는 도시와 시골 길을 가리지 않았고, 아버지와 나는 날마다 시장을 누비고, 동네 뒷산으로, 고수부지로 바람을 맞으러 다녔다.

오토바이에 앉아 아버지의 허리를 꼭 움켜잡고 지나가는 간판들을 소리 내어 읽으면서 한글을 깨쳤다. 간판을 읽고 재잘재잘 떠들어 대는 내 모습을 아버지는 무척 좋아하셨다. 지인들을 만나러 가는 자리에도, 시골 고향집에 가는 날에도, 심지어 술자리 모임에도 아버지는 나를 태우고 다니셨다. 낡은 다방의 정겨움과 시골의 비포장도로의 투박함, 가만히 앉아 바람을 맞는 시간의 상쾌함에 대한 기억들이 다락방의 다정한 먼지들처럼 내 안에 소복하게 쌓여만 갔다.

부모님, 형과 두 누나, 그리고 나. 이렇게 여섯 식구인 우리 가족은 내가 어느 정도 철들기 전까지 가게에 딸린 작은 단칸방에서 지냈다. 좁은 방 안에서 여섯 명이 잠을 잔다는 건 꽤 복잡한 공식처럼 몸을 이리저리 맞추어야 가능했다. 어깨와 어깨가 닿았고 조그마한 공간이라도 얻으려면 누군가는 옆으로 자야만 했다. 그 좁은 단칸방에서 나는 언제나 아버지를 꼭 끌어안고 잠을 잤고 아버지가 깨우는 목소리를 들으며 잠에서 깼다.

시간은 내 예상을 벗어나 빠르게 지나간 것 같다. 어느새 중학교를 지나고 사춘기를 겪으며 고등학교를 다녔다. 그 사이에 우리는 제법 넓은 집으로 이사를 했고 비록 조립식이지만 내 방이 생겼다. 형과 누나들은 회사를 다니느라 가족은 옛날처럼 늘 함께하지는 못했다.

어쩌면 자연스럽게도 아버지와 나는 조금씩 멀어졌다. 어머니는 자식들을 위해 늘 악착같이 돈을 벌었고, 아버지는 조용히 조금씩 나이가 들어 가셨다.

고등학생 때부터 취업해 타지 공장에서 일을 하던 나는 생각에도 없던 대학을 가게 되었고 그때부터 가족들과 멀리 떨어져 살게 되었다. 그 뒤로 일 년에 몇 번 아버지를 보는 것이 다였고, 얼마 지나지 않아 아버지와의 소식이 끊긴 채 꽤 오랜 시간 지냈다. 나는 나대로 아버지는 아버지대로 각자의 삶을 살아갔다. 그러던 어느 날 아버지가 쓰러지셨다. 원인은 딱 부러지게 밝혀지지 않았다. 그런 일이 몇 번 되풀이되었지만 별 일 없이 넘어가곤 했다.

결혼을 했다. 결혼식에서 몇 년 만에 아버지의 얼굴을 제대로 보았다. 늙어버린 아버지의 모습에 서글픔이 울컥 밀려왔다. 철 지난 정장처럼 늙어 버린 아버지의 모습이 가슴 한 켠에 잔상으로 남았다. 그리고 몇 달 뒤 늦은 신혼여행을 떠나기 전날, 잘 다녀오고 몸조심하라는 아버지의 힘없는 목소리가 마지막이었다.

그날 밤이 솔직히 기억이 잘 나지는 않는다. 검은 하늘 사이로 반달보다는 조금 더 살진 달이 떠 있었던 것 같고, 구름이 달무리 사이로 비쳤던 것 같기도 하다. 하지만 호텔 베란다에서 주저앉아 통곡하던 내 울음소리만은 선명하게 뇌리에 박혀 있다. 나는 아버지를 불렀다. 막내아들 여기 있다며 울부짖었다. 얼마나 오랫동안 그 자리에 앉아 있었는지도 모르겠다. 다만 해가 조금씩 떠오르는 걸 보았다는 것밖에.

잘못된 일은
가장 잘된 일이라고
생각할 때 생긴다.

다음날 우리는 급하게 가능한 가장 빠른 비행기 표를 구하고 힘들게 한국으로 돌아왔다. 장례식은 벌써 끝났고 장지에 광중만 파놓은 채 아버지는 막내아들 얼굴 한 번 더 보고 가려고 아직 땅에 들어가지 않고 기다리고 계셨다.

나의 첫 번째 라오스는 그랬다.

또 시간을 살아갔다. 먼지처럼 쌓인 아버지와의 기억을 아직 털어 버리지 못했다. 언제 어디서든 쉽게 꺼내지도 못한다. 아주 작고 미세한 먼지가 모두 날아가 버릴까 봐.

나에게 남아 있는 건, 이제 한 줄기 실바람에도 날아갈 먼지밖에 없으니까.

덜컹거리고 삐걱거리는,

나이를 가늠할 수 없는 오래된 기차는

오늘을 달린다.

빈자리, 빈 공간 없이

짐과 사람을 가득 싣고

기차는 미래로 간다.

아무런 힘도 들이지 않고

좌석에 앉아 졸기만 하던

아이도 오늘을 달려

미래로 간다.

기차는 달린다.

도착 시간은 정해져 있지만

삶도 그렇듯

시간은 지켜지지도 뜻대로 되지 않는다.

조바심 내지 말자.

언젠가는 도착할 것을 알고 있으니.

잠시 멈춰선 기차에서 내려
다리를 풀다가 옆칸 승차구에
옹기종기 모여 도둑승차 중인
가족을 보다.
나도 저들사이에 함께 하고 싶다.
내 자리 보다 빛나는
저 좁은 자리에서
가족을 느끼다
젊은 엄마의
어깨가
무겁다.
표가 없어서
승차구에 기대어 간다
꽤 오랜시간이다.

Bangsaphan

삶은 얼굴이 되고
얼굴은 삶의 숱한 얘기를 담고
내일을 향해 걸어간다.

거리에서 만난 외국 화가가
얼굴을 그려 주었다.
나도 그려지고, 너도 그려 주고
우리는 얼굴 그려 주는 남자.

오늘이 내 인생

최고의 날이 아니라도 괜찮아.

누가 뭐라 해도

나는 지금 행복하니까.

나는 너를 기억하지 못할 수도 있지만
너는 나를 잊지 말아 줘

라오스에서 다시 돌아온 태국은 딱히 변한 건 없었다.
건물이 조금쯤 세련되어 보였고, 노점상들이 약간 많아졌다.
그리고 사람들의 발걸음이 전보다 빨라졌다.
그것 말고는 변한 건 없었다.
모두들 해야 할 일들을 하고 있었고,
내가 좋아하는 국수집의 맛도 여전했다.
노점의 물건들은 그동안 하나도 팔리지도 않은 듯이 똑같았고,
노점에서 팟타이를 파는 아줌마의 어린 딸이 혼자 놀고 있는 모습조차
똑같았다.
이곳을 떠나기 전 머물렀던 숙소에 다시 들렀다.
아침이면 달려가던 노점 가게에도 들렀다.
향을 피우고, 무릎 꿇고 소원을 빌던 오래된 사원도 들렀다.
변한 건 나밖에 없었다. 모두 다 그대로였다.
그것이
눈물 나게 고마웠다.

BEST
PRICE
GUARANTEE

너니까 괜찮아

힘들 땐 울어도 괜찮아.

외로울 땐 불러도 괜찮아.

괴로울 땐 멈춰도 괜찮아.

그래도 널 사랑해.

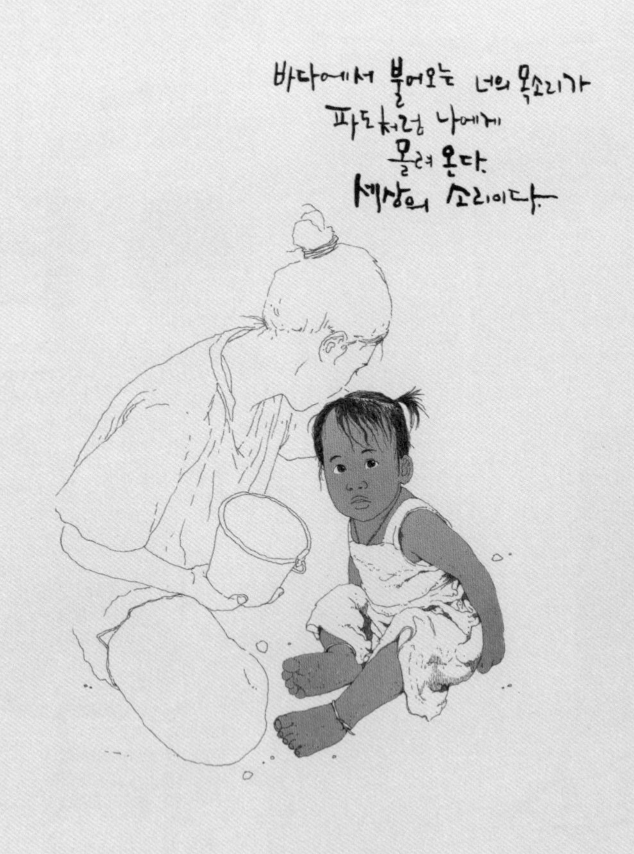

그는 바람이었다.

어디로 가는지도

어디에서 오는지도

알 수 없었다.

그는 바람과 같이

온전히 머무르고 싶은 곳에서

누비다 떠날 것이다.

여느 바람처럼

흔적은 없다.

나는 외롭지 않아.

문득

이런 생각이 들 때.

그때가 진짜

외로울 때야.

사람들은 원래 그랬던 것처럼 쉽게 변한다

"여기 온 지 얼마나 되었어요?"

"저도 그쪽으로 가는데 거긴 지금 어때요?"

"여기. 여기가 맛집이에요. 여긴 쌀국수가 맛있고, 건너편 카페의 라떼가 최고예요."

"버스표를 싸게 구하셨네요. 어디서 사셨어요? 알려 주세요."

여행자들은 좀더 많은 정보와 이야기를 얻기 위해 스스럼없이 말을 걸어 대화하며 여행 정보를 공유한다. 한국인이든, 외국인이든 국적은 중요하지 않았다. 여행자라면 누구나 배낭을 멘 사연을 알았고 서로를 도와주기 위해 기꺼이 함께했다. 그렇게 배낭 여행자 사이에는 정이 넘쳤다.

세상이 변했다. 여행 시스템은 더욱 좋아지고 간편해지고 쉬워졌다. 무수히 많은 여행사 가운데 한 곳에 들러서 몇 마디만 건네고 경비를 지급하면 그 어떤 여행 코스도 쉽게 해결된다.

컴퓨터와 인터넷의 발달은 생활뿐 아니라 여행의 흐름 또한 바꾸어 놓았다. 이제는 여행자들의 손에 들린 작은 스마트폰 하나로 여행 이야기와 정보를 얻는다. 언제든 무료통화와 영상통화로 멀리 떨어져 있는 사람과도 이야기를 나누고 메시지를 주고받는다. 불과 몇 년 전만 해도 곳곳에 있던 국제전화 가게들은 이젠 더 이상 찾아 볼 수가 없다. 번호를 누르고 신호음이 들리는 순간 초시계를 눌러 시간을 체크하던 가게 아주머니의 자못 비장하던 모습도 이제는 사라져 버렸다.

여행자들은 서로를 쳐다보는 시간이 줄었고, 인사를 건네는 횟수도 줄었다. 서로가 서로를 필요로 하지 않게 되었다. 사람과 사람으로 전해지던 여행의 이야기는 각자의 스마트폰 속으로 들어가 소비되고 전송된다. 물론 아직도 여행지에서 만나는 많은 사람은 자신의 모험담을 이야기한다. 하지만 예전의 끈끈함은 사라지고, 내용도 바뀌었다.

내 여행의 시작은 휴대 전화기를 끄는 것에서부터 시작된다. 여행을 하는 중에는 전화기를 꺼 놓는다. 되도록이면 사용하지 않으려고 노력한다. 많은 유혹과 걱정들이 다시 전화기를 켜게 만들지만 스스로 견뎌야 한다.

어느새 와이파이 존을 찾지 않는 내 모습을 보게 되었다. 그때서야 여행하며 느끼는 모든 것들을 온전히 나에게 담아 올 수 있었다.

4인치 세상에선
진짜를 찾을 수 없어

이제 그만 손바닥만한 작은 세상에서 나와.
스마트폰 속 꾸며진 삶은 너를 만족시키지 못해.
그 작은 창 속에 많은 시간을 쏟을 필요는 없어.
그 시간을 쪼개어 하늘을 조금 더 봐.
그 노력을 나누어 주위 사람들에게 쏟아 봐.
당장은 변하지 않는 것 같아도
손바닥 만한 세상이 전부가 아니란 걸 알게 될 거야.
세상은 말이야 네 생각만큼 커지는 거야.
답답한 스마트폰은 그만 덮고 고개를 들어
세상으로 나가는 거야.
진짜 세상으로.

다시 밝아집니다.
다시 환해집니다.
세상은 내 눈에 비치는 대로
보입니다.

저는 그렇게 알고 있으면서도

애써 뒤집어서 보았습니다.

그것이 나를 더욱 가두었습니다.

다시 어두워지더라도

지금은 다시 밝아집니다.

떠나는 사람은 눈물로도 잡을 수 없다

"여행자에겐 사랑은 사치일 뿐이야. 누구에게도 사랑한다고 말해선 안 돼."

"왜?"

"당신은 곧 떠나게 될 테니까. 여행자는 아무 이유 없이 떠나는 게 일이니까."

여행자는 언제든 떠날 준비가 되어 있는 사람이다.
사랑하는 사람이 있더라도 변하지 않는다.
여행자를 사랑하지 마라.
어설프게 뿌려 놓은 사랑에
울음이 터지는 건
남겨진 당신 몫이니까.

지금 이 순간이다.
다시 돌아오지
않을 순간
나는 너와
함께 있다.

걷다 보면

내 인생의 모든 순간들을 한 번씩 만나게 되거든.

그럼 그때의 나에게

지금의 내가 한마디씩 해 주곤 하지.

그때 그러지 말았어야 한다고.

그 선택은 잘못되었다고.

하지만 지금의 나에게는

제대로 된 한마디를 하지 못 해.

이미 알고 있으면서도 말이야.

약속을 지키러 왔어
다시 만나자는 약속 말이야

내가 가장 사랑하는 장소를 지금 나와 함께 가 볼 거야.
처음 만난 순간부터 나는 사랑에 빠져 버렸어.
푸른 옥빛 바다가 있고 순수한 사람들이 모이는 곳이지.
네가 만일 그 곳에 가게 된다면, 너도 사랑에 빠질 수밖에 없을 거야.

태국 카오산 로드의 어느 여행사에나 들러서 "무 꼬 수린"에 간다고 말하면 그곳으로 가는 방법이 적힌 종이와 함께 야간 버스 티켓과 섬으로 들어가는 왕복 보트 티켓을 건네줄 거야. 떠나는 날이 오면 늦은 오후에 방콕 남부 터미널로 가서 쿠라부리로 가는 버스에 몸을 실으면 돼. 그리고 한참 단잠에 빠져 있는 새벽 네시가 되면 버스 승무원이 목적지에 도착했다고 너를 수줍은 미소로 흔들어 깨울 거야. 잠에서 채 덜 깬 눈을 비비며 버스에서 내리면 서늘한 새벽 기운과 불 꺼진 버스 터미널이 너를 맞이해 주겠지. 어리둥절한 너를 두고 버스는 떠나 버리고, 아무도 없는 어두운 터미널에 남겨져도 당황할 건 하나도 없어. 몇 분만 기다리면 인상 좋은 썽태우 아저씨가 너를 데리러 올 테니까. 보트 선착장 맞은편에 있는 작은 사무실에 도착하면, 직원들이 너를 맞아 줘. 사무실에서 씻거나 커피를 마시며 아침이 올 때까지 기다리면 여행자 몇몇이 나처럼 사무실로 픽업되어 들어오지.

7-570-085
Chompoin 077-551 212

LOMPRAYAH
Huahin 032-533-739
Center Point 077-570-085
Koh Samui 077-627-765

아직 동이 트지 않은 작은 해변 마을은 고즈넉하고 아름다워. 보트를 기다리기가 지루해진다면 마을을 살랑살랑 구경해 보는 것도 나쁘지 않아. 아니면 수린 섬으로 들어가기 전에 섬에서 필요한 물품들을 미리 사두는 것도 괜찮아. 물이나 과자, 음료수, 아침에 먹을 식빵 따위를 챙겨 둬. 혹시 맥주를 좋아한다면 한 박스쯤 사가는 게 좋을 거야. 섬 안에 하나밖에 없는 작은 매점에서는 가격이 두 배쯤 비싸거든.

오전 아홉시에 배를 타기 위해 부둣가로 사람들이 이동할 때, 눈치껏 따라가면 섬으로 들어가는 배 위에 앉게 될 거야. 멀미가 심하다면 이때쯤 멀미약을 미리 먹어 두길 추천할게. 좌우로 정신없이 흔들리는 스피드 보트를 타고 한 시간은 가야 섬에 도착하니까. 얼굴을 사정없이 강타하는 바람에도 지지 않고 눈을 가늘게 뜨고 바다를 보고 있으면 보면 어느새 파도가 잔잔해지고, 바다빛이 옥빛으로 바뀌는 신기한 광경을 보게 될 거야. 순식간에 사방이 고요해지면 섬에 거의 다 왔다는 신호야. 배가 속도를 줄여 멈추면 어디선가 통통통 소리를 내며 모터를 단 배가 다가 올 거야. 이 작은 통통배로 갈아타고 섬에 들어가게 되는 거지.

백사장에 싣고 온 짐들을 내리고, 자기 짐을 들고 수린 섬의 야영장을 향해 모래사장과 숲길을 따라 걸어가. 나무들이 우거져 있고, 자갈이 많아서 길이 울퉁불퉁해. 운이 좋다면 왕도마뱀이 사사삭 지나가는 모습을 볼 수도 있어. 놀랄 건 없어. 놀라는 쪽은 네가 아니라 왕도마뱀 쪽이니까 말이야.

자, 그럼 이제 섬의 시스템 대해 잠깐 설명 해 줄게. 섬 안내소에 도착하면 등록을 하고 묵을 텐트를 배정받으면 돼. 무슨 소리냐고? 숙소는 없냐고? 없어. 이곳은 국립공원이고, 태국 공주가 이 섬을 특별히 사랑하고 아껴서 섬의 보존을 위해 무척 신경 쓰고 있거든. 작은 방갈로가 두어 개 있긴 한데 거기 묵을 생각은 하지 마. 비싸고 시설도 좋지도 않으니까 절대 추천하고 싶지 않아. 바다 바로 앞에 상태 좋은 텐트들이 주르륵 배치되어 있어서 텐트에 앉아 바람을 맞으며 바다를 바라보는 시간이 이 섬의 가장 큰 매력이야. 그러니 되도록 바다 앞쪽의 텐트에 자리잡는 게 좋을 거야.

화장실과 샤워 시설은 공동으로 사용해. 재래식은 아니니까 걱정은 하지 마. 하지만 따뜻한 물은 기대하지 마. 사실 이 부분이 난처한 일 중 하나인데, 태국이 더운 나라이긴 하지만, 찬물로 씻는 건 생각보다 큰 결심이 필요해.

섬 안에서 가장 크고 유일한 건물은 바로 식당이야. 여기서 여행자들은 밥을 먹고 이야기를 나누고 매점을 이용하지. 섬에서 가장 중요한 일 중 하나가 식사 시간을 알아 두는 일이야. 하루에 세 번, 아침, 점심, 저녁 시간이 정해져 있어서 그 시간을 못 맞추면 다음 식사 시간까지 주린 배를 잡고 참아야 할 거야. 매 때마다 따뜻한 물을 준비해 두니 가져온 커피나 차를 마실 수도 있어. 또 아침에는 숯불을 준비해 놓으니 토스트를 해 먹을 수도 있지. 섬의 동식물을 훼손하거나 음식을 만들어 먹는 건 금지되어 있어. 섬을 깨끗하고 아름답게 보존해야 하니까 꼭 지켜 줘야 해.

반나절만 지나면 이곳의 모든 시스템을 알게 될 거야. 왜냐면 지금 말한 게 전부이거든. 섬에서 신경 써야 할 문제라곤 식사 시간에 맞춰 밥을 챙겨 먹는 거랑 오전과 오후, 하루 두 번 있는 스노클링 시간에 나갈 건지 말지를 결정하는 것밖에 없어. 그럼 남는 시간에 뭐하냐고? 그냥 쉬는 거야. 수린 섬이 좋은 점이 바로 이거야. 진정한 휴식이 가능하다는 것. 오늘은 어디서 자야 할지, 점심은 무얼 먹을지, 어디를 구경할지, 이동은 어떻게 해야 하는지 등등 여행하면서 마주치게 되는 모든 고민을 놓아 버릴 수 있게 해서 반 강제 휴식을 선사해 주거든. 만일 네가 젊고 혈기가 넘치고 잠시도 가만히 있는 것을 못 참는 성격이라면 수린 섬을 추천해 주고 싶진 않아.

외로움에 대한 걱정은 안 해도 돼. 모두 좁은 섬 안에서만 지내다 보니 이곳에 살고 있는 사람들과 여행자들은 모두 친구가 되니까. 넉살 좋은 여행사 스태프들과 국립공원 직원들은 작은 섬 안에서 너를 마주칠 때마다 안부를 묻고 웃어 줄 거야. 섬의 장기 여행자들은 해마다 겨울이면 수린 섬에 와. 갈 때마다 어김없이 만나는 사람들이 있을 정도니까 말이야.

이곳에서 며칠을 머무르든 상관없이 수린 섬은 네게 잊지 못할 시간을 선사해 줄 거야. 하늘에 뿌려진 엄청난 별들과 바다 속의 셀 수 없이 많고 다양한 물고기들 그리고 그 곳에서 만나는 소중한 인연들은 문신처럼 네 마음속에 새겨질 거야.

수린 섬을 그리워하는 병에 걸리게 될지도 몰라. 아무것도 하지 않던, 자유롭게 바다를 노닐던 섬에서의 시간들이 너무나도 그리워서, 어느새 다시 이곳으로 오기 위해 짐을 싸고 있는 너를 발견할지도 몰라. 바로 나처럼 말이야.

잊었던 기억을 되찾는 건 생각보다 어렵지 않았어. 몇 해 전 나누었던 정들이 이제는 잊혀졌을 거라는 생각이 들 때쯤 그들의 뜨거운 미소가 희미해진 추억을 모두 기억나게 해 주거든.

수린 섬에 가면 단짝 친구들을 만날 수 있어. 굳이 이 아이들을 찾아 헤매지 않아도 좋아. 해변에 텐트를 치고 나무에 해먹을 올리고 당신만의 해변을 만들어 가만히 앉아 있으면 어디선가 까르륵 깔깔 두 단짝 소녀가 당신만의 해변에 놀러 와. 새침데기들이라서 당신에게 말을 걸진 않을 거야.

나와 함께 그 소녀들을 보러 수린 섬에 가지 않을래?

미소가 얼굴에
소복이 내려앉았습니다

아무 할 일도 없는 섬에서 마음 안에 묵혀 둔 여행 그림들을 꺼내어 그린다. 여행을 오면 넘치는 시간과 자유로운 일정에 여유롭게 그림 그릴 시간이 많을 것 같지만, 실제로는 그렇지 못하다. 언제나 해야 할 일은 생기고 어디에서나 새로운 것들을 처리해야 했다.

이제야 비어 있던 스케치북에 나를 그리고 쓴다. 점심시간이 지난 오후의 한가로운 식당에는 나 말곤 아무도 없다. 간간이 직원들이 지나다니기도 하지만, 그조차 뜸해 식당 안에는 나와 바람만 머물고 있다.

식당에서 가장 많이 마주하게 되는 매점 아가씨를 그렸다. 새침한 아가씨는 기분이 자주 바뀐다. 한없이 밝은 미소를 짓다가도 남자 친구와 싸우기라도 한 날이면 쌀쌀한 태도로 돌변하곤 한다. 처음 내가 수린 섬에 왔을 때부터 십 년이 지나도 한결같이 그 자리에 앉아 나와 인사를 나누고 있는 그녀에게 선물을 주려고 그림을 그렸다.

그것이 시작이었다.

말은 전혀 통하지 않지만 엄마처럼 매일 나에게 반찬과 맛난 음식을 몰래 따로 챙겨 주며 섬 안의 창고를 담당하고 있는 소이 아줌마도 그랬다. 새로운 여행자들을 섬으로 데려다 놓는 일을 하는 여행사 스패프인 아싸리가 소문을 듣고 쪼르르 다가와 자기도 그려 달라고 조른다. 나만 보면 "형, 팝 머거써?"라고 한국말로 물어 보는 유쾌한 녀석은 덩치는 커도 애교가 넘쳤다.

그리고 그 다음에는 이 섬에서 나와 인사하고 지내는 스태프들이 뭔가를 기대하는 표정으로 나를 힐끗힐끗 쳐다보다가 눈이 마주치면 수줍게 웃으며 고개를 돌렸다. 뭘 원하는지 알 것 같았다. 그래. 해 보자. 뭐 어렵다고.

나는 섬 안에 있는 모든 직원들과 여행사 스태프들의 캐리커처를 그려 주기로 마음먹었다. 결심을 하고 나니 손이 바빠졌다. 그려야 되는 목표물을 만나면 재빨리 달려가 얼굴을 그렸다. 부끄러워서 도망 다니는 직원은 사진을 찍어 그렸다. 보이지 않는 직원은 물어 가며 찾아서 그렸다. 그렇게 한 명씩 한 명씩 섬 안의 직원들과 얼굴을 마주했고, 어느새 그들과 가까워졌다.

여행자들은 들어가지 못하는 식당 내부에도 들어가는 영광이 주어졌고, 스태프들이 머무르는 텐트 구역에도 찾아가 구경하고 함께 간식도 나누어 먹었다. 섬 안에 꽁꽁 숨겨진 그들의 숙소와, 침대 시트까지 놓여 있던 여행사 스태프의 깔끔한 텐트는 이 섬에서 찾은 또 다른 즐거움이었다.

Ko
Hem
Mad
hman
Saw
Na
Yah
Noug
Sanah
Wong
Pooh
Dun
Yut
Too
Nah
kai
Soy

Wong
hman
Kai
Dun

누가 누구와 연인 사이인지 알게 되었고, 나이가 몇인지, 어디 출신인지, 꿈이 무엇인지, 육지에 두고 온 가족을 얼마나 그리워하는지도 알게 되었다.

그렇게 며칠 걸려서 섬 안의 모든 스태프를 그렸다. 그림이 완성되는 날—이 날은 내가 섬을 떠나기 전 날이기도 했다.—에 한 명씩 일일이 찾아다니며 악수하고 포옹하며 그림을 전해 주었다.

그림은 신기한 힘을 가진 게 분명했다. 그들은 내가 본 웃음 중 가장 큰 웃음을 지었고, 진심어린 말로 나를 축복해 주었다. 어떤 이는 나를 위해 따로 음식을 만들어 주었고, 식당 직원들은 흔하지 않은 과일을 한 명씩 돌아가며 계속 가지고 와서 수줍게 식탁에 놓아 주었다. 비싼 맥주를 건네기도 했다. 그날 받은 과일들은 다 먹지도 못할 정도의 양이었다.

여자 직원들은 나를 위해 비치 스카프를 선물해 주었다. 안내소의 관리인은 각종 물품 대여비와 공원 이용료를 면제해 주었다. 이 중에서 가장 감동적이었던 건 세 주일쯤 머문 섬에서 떠날 때 모두 배웅 나와서 손을 흔들어 준 것이다. 왈칵 눈물이 쏟아져 나오려는 것을 몇 번이나 참아야만 했다.

여태까지 이 섬을 여러 번 방문했지만 이런 배웅을 받기는 처음이었다.

"또 올 거지?"

"내년에 또 봐. 난 여기서 기다리고 있을 거야."

"다음에는 태어날 내 아기도 그려 줘."

"안녕. 나의 친구."

그들은 말했다.

'그래, 언제일지는 모르지만 늘 그랬듯이 또 올 거야.'

나는 약속했다.

눈물을 글썽이고 있는 소이 아줌마를 마지막으로 끌어안아 주고 등을 돌렸다. 수린 섬을 꼭 다시 찾아오겠다고 약속을 하고 섬을 떠났다. 그래야만 이곳으로 돌아올 수 있을 것 같았다.

나에게 필요한 것은

모두 다 내 안에 있더라.

그것이

행복인지

슬픔인지

전부 다 내 안에 있더라.

그래서 필요할 때마다

꺼내 볼 수 있는데도

행복보다는

슬픔과 불행을 더

찾아내고 있다.

모두 다 내 안에 있더라.

그게 다

나 하기 나름이더라.

어떤 날은 발이 붓도록 걸어 다녔고
손이 아릴 정도로 그림을 그렸고
땀으로 샤워할 정도로 헤맸다.

어떤 날은 시간을 죽이며 앉아 있었고
지겨울 정도로 가만히 있었으며
하루 종일 사람들만 구경하기도 했다.

이제 여행은
일상으로 들어온 것이다.
시간은 무뎌지고 생각은 깊어진다.

밤이 오면 늘 그랬듯이
현지인들 틈에 섞여 하루를 마감한다.
짧지만 긴 여행.

당신은 지금까지 얼마나 걸어왔는지
알 수 있나요?

걷다 보면
보이는 풍경보다
내가 사는 집 풍경이
더 기억납니다.
여행에서 만나고
부딪치는 사람보다
나를 더
돌아보게 됩니다.

오늘도 걷다가
울다가 합니다.

무겁고 버겁지만
같이 가야지
힘들면 잠깐 쉬다가고
조금 더 천천히
가면 되겠지
괜찮아, 조금 늦는
것일 뿐.

친절은
누구에게나 통한다

나는 한국에서나 외국에서나 감사하다는 말을 꼬리처럼 달고 다니는 사람이다. 누군가 길을 비켜 줘도, 잔돈을 거슬러 받아도, 음식이 나와도, 택시를 타도, 숙소에 체크인을 하고, 체크아웃을 할 때에도 "땡큐" "컵쿤캅"을 태국 여행 내내 입버릇처럼 말하고 다녔다. 심지어는 두 번, 세 번 연발할 때도 있었다. 땡큐, 땡큐, 땡큐. 컵쿤캅, 컵쿤캅, 컵쿤캅.

태국 남부의 작은 도시에서 썽태우를 타려고 서는 곳을 찾아 헤맬 때의 일이었다. 보통 썽태우는 타는 곳이 정해져 있기도 하고 택시처럼 아무 곳에서나 타기도 하는데 지역마다 달라서 번번이 새롭게 적응해야 한다. 이 도시는 썽태우 정류장이 따로 없다. 지나가는 썽태우를 세우고 목적지를 말하면 된다. 하지만 또 아무 데서나 썽태우가 다니거나 서지도 않는다. 그래서 매번 썽태우를 탈 때마다 나는 주민들에게 어디서 타야 하는지 물어봐야 했다.

그날도 나는 이른 아침 썽태우가 서는 곳을 찾아 길을 나섰다. 노점에서 국수를 팔고 있는 아주머니에게 "썽태우?" 하고 물었다. 영어를 못하는 아주머니는 손짓으로 도로 어딘가를 가리켰고, 나는 애매한 그 손짓의 방향으로 걸어갔다. 국수를 먹고 있는 손님들도 있어서 더 이상 그들을 방해하고 싶지 않아서 다시 다른 사람에게 물어볼 요량이었다.

그런데 누군가 나를 쫓아왔다. 앞치마를 둘러멘 국수 아주머니였다. 아주머니는 덥석 내 손을 잡더니 성큼성큼 앞장서서 걸어갔다. 그러고는 100미터쯤 걸어서 도로 한쪽에 나를 세워 주었다.

나는 아무 말도 못 하고 나를 세워 놓고 가시는 아주머니의 뒷모습을 멍하니 보았다. 아주머니는 그런 내 눈빛이 차가 오지 않을까 봐 불안해하는 것이라고 판단했던 모양이다. 다시 내게로 오시더니 웃으면서 내 손을 잡았다. 장사를 하다 나온 참이라서 그런지 아주머니의 손은 축축했다. 그리고 태국말과 손짓으로 연신 내게 뭔가를 전하려고 했다. 아마도 "괜찮아. 곧 썽태우

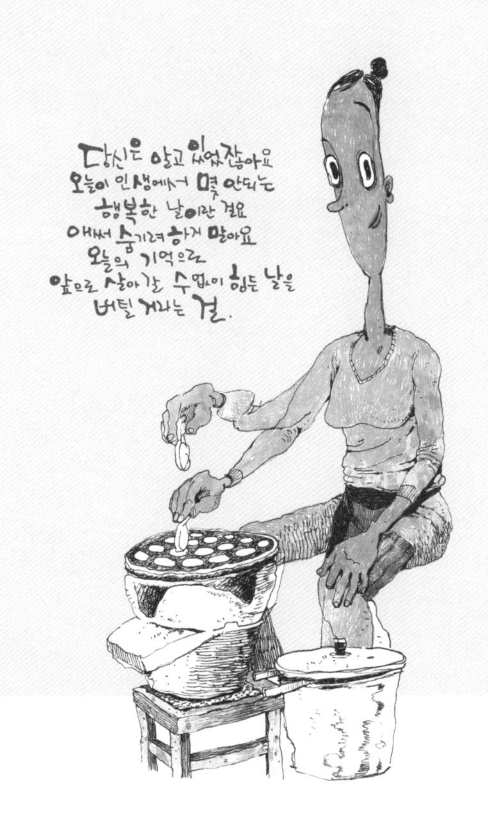

가 여기로 올 거야, 걱정 마" 하는 말인 것 같았다. 아주머니는 그러고 나서 다시 돌아서서 자신의 노점으로 돌아가셨다.

나는 아주머니가 떠난 뒤에야 고맙다는 인사를 하지 못한 것이 생각났다. 목구멍이 무언가 치고 올라온 것처럼 꽉 막혀서 입이 떨어지지가 않았다.

난 진정한 친절 앞에서는 외려 표정이 경직되고, 말문이 막혀 버린다. 언제나 생글생글 웃고 감사하다고 말하고는 있지만, 진심 앞에서는 내 가식이 무너져 내린다. 진짜 친절은 무겁고 눈물이 나서 감당하기가 힘들다.

느린 하루를 거닐다

수린 섬을 나와서 카오락을 거쳐 푸켓에서 며칠을 머물고 있었다. 사실 수린 섬 이후의 나머지 일정은 아무것도 정해 놓지 않았기에, 별다른 고민 없이 다른 여행자들이 모두 들르는 여기 푸켓으로 오게 된 것이다. 푸켓은 관광으로 이미 유명한 도시라서 그런지 이곳 사람들은 여행객을 통해 돈을 버는 방법들을 잘 알고 있었다. 나는 그들에게 돈을 벌게 해 주는 수단에 불과할지도 모른다는 생각이 들 정도였다.

여행의 끝자락은 슬금슬금 다가오고, 나는 여행자들의 발길이 닿지 않는 곳으로 가고 싶어서 몸이 근질거렸다. 그렇게 해서 중부의 작은 해안가 마을인 반 끄룻으로 가는 일정이 정해졌다.

푸켓 올드 타운의 고풍스러운 유럽식 건물들을 떠나 후아힌으로 가는 버스를 탔다. 후아힌에서 하루를 머물고, 반 끄룻으로 가는 기차를 타야 했다.

후아힌은 태국 왕실 휴양지로 유명하다. 그래서 시끌벅적한 술집도, 불법 퇴폐업소도 없다고 하였다. 하지만 실상은 그렇지 않았다. 내가 들른 그 어떤 태국의 도시들보다 밤 문화가 성행하였다. 밤이 되면 거리는 온통 붉은 빛에 물든다. 붉은빛 등은 그 업소가 어떤 불법적인 행위를 함을 나타낸다. 술집마다 서양 노인들이 할 일 없이 앉아 있었다. 젊은 태국 여자들의 화장은 짙었다.

나는 한시라도 빨리 여기를 벗어나서 반 끄룻으로 가고 싶었다. 다음날 아침 기차를 타고 반 끄룻에 도착했다. 잘 알려지지 않은 시골 마을답게 나를 포함해서 네 명만 기차에서 내렸다.

역은 소박하고 조용했다. 역 앞엔 단 두 대의 툭툭이 서 있었다. 툭툭 기사들은 호객 행위도 하지 않았다. 담담하게 앉아 있는 툭툭 기사에게 미리 알아온 숙소 이름을 대자, 그제야 아저씨는 방긋 웃으며 타라고 몸짓으로 말했다.

가격 흥정도 시도하지 않았다.

숙소에 도착해서 현지인들에게서 받은 것과 똑같은 요금을 말하는 아저씨의 모습은 여행지에서 닳고 닳은 나에게는 무척 신선하고 대단해 보이기까지 했다.

방이 네 개밖에 없는 숙소의 주인아저씨는 반 끄룻의 변호사이기도 했다. 식당이 딸린 작은 숙소를 운영하며 마을 일을 도맡아 하는 부지런한 이 아저씨는 푸근하고 따뜻했다.

숙소 바로 앞에는 모래사장이 길게 뻗어 있었다. 강한 바람 탓에 파도가 마치 화가 난 듯 거칠어서 수영은 꿈도 굴 수 없었지만 상관없었다.

반 끄룻 해변가에는 뭐든지 딱 하나씩만 있다. 카페 하나, 편의점 하나, 꼬치 노점상 하나, 로티 노점상 하나, 쌀국수 노점상 하나. 날마다 같은 곳에서 커피를 마시고, 같은 곳에서 쌀국수를 먹어야 했다. 그래도 상관없었다. 날마다 먹어도 맛있었고, 날마다 봐도 상인들은 친절했다.

정답은 없어
너가 바로
정답이야.

마을 사람들은 당연하다는 듯이 정직했다. 그것이 더 이상하다고 내가 생각하는 것이 참 아이러니했다.

변호사 아저씨에게 자전거를 빌려 타고 반 끄릇 여기저기를 돌아다녔다. 산 정상에 있는 사원에 갔다. 바닷물이 호수처럼 이어져 배가 모여 있는 항구도 구경했다. 버려진 콘도들을 돌아다니며 과거와 현재에 대해 고민도 했다. 주인 없는 수영장에 핀 꽃들과 잡초를 보면서 존재의 가치에 대해 생각했다.

혼잡하고 시끄러운 도시에서 얄미울 정도로 약삭빠른 사람들을 만났고, 큰 돈을 잃어버리고, 작은 사기도 당하고, 내 자리를 뺏겨도 보고, 수많은 약속이 지켜지지 않아 실망했던 그 모든 일에 대한 마무리를 반 끄릇에서 하고 있었다. 모든 사람들이 다 똑같지 않다고, 세상은 복잡하고 치사하고 때론 더럽기까지 하지만 그게 전부가 아니라고, 내 지친 마음을 위로해 주었다.

"마치 여행의 마무리는 이렇게 하는 거야" 하고 누군가 내 귀에 속삭이는 것 같았다.

작은 시골 마을은 그 크기보다 더 큰 선물을 내게 주었다.
모든 상처와 아픔을 씻어 내고 집으로 돌아갈 수 있게 해 주었다.

왜 그렇게 느꼈는지 모르겠다.
무엇을 위해 살아야 하는지 모를
순간이 문득 찾아온 날.
어떻게 살아야 할지 보이지 않는
날들이 계속되던 날,

힘들다.
힘들다.
힘들다.
느껴진 최후에
그냥 생각 했다.

"나도 살고 싶다."
그래
그냥 살고 싶다.

어지러운 시장 모퉁이에서 풍기는 고소한 냄새.
젊은 남자는 능숙하게 불을 지펴 음식을 만들어 낸다.
강렬한 눈빛으로 불을 지피는 모습에
나도 모르게 다가간다. 아저씨 얼마에요?

무언가를 찾아낸 모양이다

집으로 돌아가는 날은 왠지 모르게 서글프다.
공항 출국장의 활기도 내 마음에 들어오지 않았다.

여행 내내 아늑한 내 침대와 텔레비전의 즐거움을 그리워하다가도 막상 그것들과 마주할 시간이 오면 움푹 패인 게스트 하우스의 매트리스가, 길거리에 서서 먹던 국수가, 타는 듯이 내리쬐던 햇빛이 애절해진다.

배낭 속에 잔뜩 가지고 왔던 짐들은 새로운 짐들로 바뀌었다.
머릿속은 조금 가벼워졌고, 또 그만큼 몸무게도 빠졌다.
알았던 사람들을 모르게 되고, 몰랐던 사람들을 알게 되었다.
나의 시간은 좀 더 느려졌고, 그로 인해 시간이 많아졌다.
신발은 헤지고 발은 물집이 생겼지만 더 멀리 걸을 수 있게 되었다.
통장은 살이 빠졌지만, 추억은 풍족해졌다.
소중한 것들을 이미 많이 가지고 있다는 것도 알게 되었다.
아침이 오는 소리를 들을 수 있게 되었고,
밤이 펼쳐지는 시간을 즐기게 되었다.
하늘을 보는 이유를 알았고, 별을 헤아리는 지혜를 얻었다.
아무것도 아닌 것도 사실은 아무것도 아닌 게 아님을 깨달았다.

POLICE
여행중에 만난 얼굴
그속에 나의 얼굴이 있다.

그리운 사람이 많다는 걸 알았으며,

사랑하는 사람을 더 사랑하게 되었다.

그리고

무엇보다,

나를

더 잘 알게 되었다.

너를 담은 가방

가방에 읽다 만 책 한 권,
오래되어 모서리가 헤진 노트.
그리고 말이 없는 너를 담는다.
이제 나는 묵직해진 가방을 들고
떠날 것이다.

꽤 많은 돈을 지불한 버스표는 얼마나 멀리
떠나는지 짐작이 된다.
버스는 두 번의 휴게소를 거쳐서야 목적지에 도착했다.
또다시 낡아서 불안한 버스로 갈아타고
세다가 잊어버린 정거장들을 몇 번 더 지나고서야 버스에서 내렸다.

해가 물속으로 들어간다.
나는 소나기라도 피하려는 듯이 서둘러 해변으로 달렸다.
어둑한 바닷물이 내 발을 잡을 만큼에 멈춰 서고는
가방을 열었다.

가방에서 말없는 너를 꺼내 놓고
돌아선다.
내가 온 길을 다시 돌아가기 위해서
처음 그곳으로 돌아가는 길에
나를 담아 간다.

내 가방에는 다 읽은 책 한 권과 오래되어
모서리가 헤진 노트
그리고 내가 담겨 있다.

멈추어 서서 포즈를
잡아 주시던 열차안
맥주 판매원 아저씨.
웃음이 넉넉하다.

자기 얼굴을 보는 아이는 진지하고
옆에서 지켜보는 아빠의 얼굴에는 미소가 가득하다.
여행의 큰 즐거움이다.

딱 필요한 만큼만 부지런해지기

일거리가 쌓여 있는 책상에서
꿈꾸는 일들이 이루어지는 경우는 얼마나 될까?
지금 당장 자리를 박차고 누구도 신경 쓰지 않고
뛰쳐나갈 용기를 가진 사람은 얼마나 될까?
예전의 두근거림을 기억하고 준비하고 있는 사람이
내 주위에 있기는 한 걸까?
우리는 도대체 왜 이렇게 된 걸까?

대단한 사람이 될
필요는 없다

겨울이 오면 떠났다.
하지만 겨울이 와도 떠나지 못할 때는
타 버린 모기향의 재처럼 위태롭게 매달려 있는 것 같았다.
그것이 싫었다.
여름이 오면 떠났다.
더운 이곳에서 더 더운 곳으로 짐을 싸서 돌아보지도 않고 달려갔다.
떠나지 못할 이유를 찾는 것보다 떠나야 하는 의미를 더 많이 찾았다.
다가올 어려움에 나 또한 힘들게 눈을 돌렸다.

사람들을 만났다.
별을 세었고 깊이를 알 수 없는 물에서 수영도 했다.
말이 통하지 않아도 더 많은 이야기를 나누었고
함께하는 시간은 짧았지만
함께하는 일은 더 많았다.
얼굴과 몸은 새카맣게 타 버렸다.
그렇게 시간을 흘려보냈다.
대단한 일도 없이 나는 집으로 돌아왔다.

꿈도 나이가 든다.
나의 꿈도 예전에는
지금과 달랐지.
더 현실적으로
더 상황에 맞게
꿈의 크기와
모양은
바뀌었어.
그래도 잊지
않았으면
좋겠어.
젊은 시절에
꾸었던 나의 꿈을.
계속 꿈꾸면 좋겠어.

주먹을
쥐었다

온 힘을 다해 움켜진 손을
풀지 못했다.
바짝 마른 시멘트처럼
굳어 버린 손으로는
그 어떤 것도 잡을 수 없었다.
딱딱해진 손을 풀어야 했다.
내 손에 꽉 쥐어진 것들을 놓아야 했다.
수년 간의 노력과 미래가 사라질까

두려웠다.

너무 아까웠다.

힘들게 푼 가벼운 손으로

나는 다시 걸었다.

비워진 손으로 새로운 것들을

잡았다가 놓았다.

나는 조금씩 달라졌다.

나를 만나는 사람들도 달라졌다.

아쉬운 것도 있지만

아까운 건 없다.

펴진 손가락 사이로

시원한 바람이 지나간다.

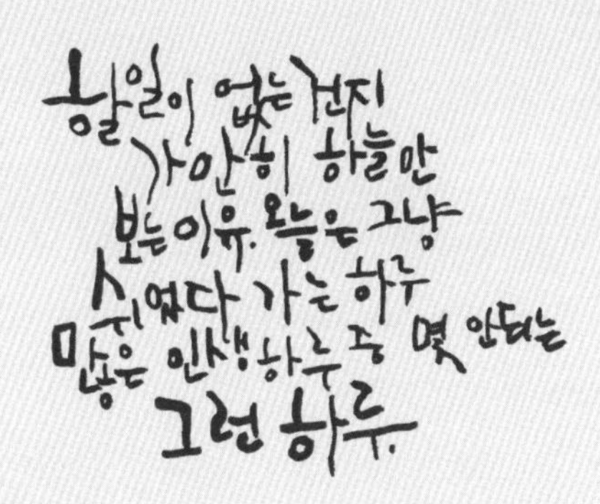

꿈도
나이가 든다

도시의 삶은 멈추지 않는
에스컬레이터를 탄 기분이야.
멈추지 않고 계속 올라가기만 하는 걸.
다시 내려가고 싶거나
잠시 멈추지도 못하게 계속 올라가기만 해.
내 의지와는 상관없이 말이야.

세상은 나를 언제나 시험에 들게 하고,
나는 번번이 시험에 합격했는지 합격하지 못했는지
결과도 듣지 못한 채,
그 다음 시험을 치러야만 하는 상황으로 나를 내몰고 있는 것 같아.

늘 그렇듯이 지금은 정해져 버린 내 자리에서 움직이지 못하고
모든 걸 견뎌 내야만 해.

그래도 너무 안타까워하거나 슬퍼하지는 마.
세상의 속도에 너를 맞출 필요는 없어.

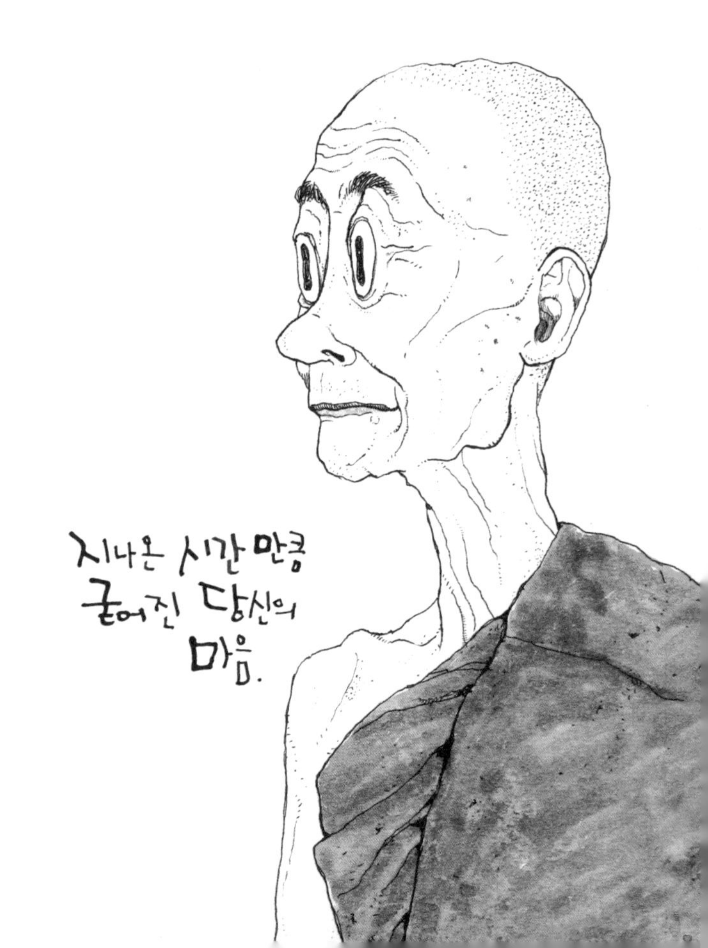
지나온 시간 만큼
굽어진 당신의
마음.

그 안에서도 바람은 불고 있으니 지금이라도 꿈을 다시 꿀 수 있어.
시간을 되돌릴 수는 없어도 인생을 다시 시작할 수는 있으니까.
이제 바람의 방향을 바꾸어야 할 때야.

바쁜 일이 많은 것도 아닌데
계속 심장이 두근거려.
잠을 못 잔 것도 아닌데
괜히 얼굴이 달아올라.
운동을 심하게 한 것도 아닌데
지금 숨이 차올라.

그건 다
지금 내가 할 일을 하지 않고 있기 때문이지.
나는 알고 있었어.
마음속 짓누르는
너의 정체를 말이야.

이제 거의 다 됐어.
힘내.

아빠랑 코가 닮았다.
열차에서 사는 사람들처럼
짐을 가득 싣고 고향으로
돌아간다.

생활
탐험가

여행을 한다는 건 매일매일 똑같은 일상과도 다르지 않다.
아침에 일어나고 밥을 먹고 밖으로 나와 어김없이 길을 잃는다.
잃었던 길을 다시 찾아 우리는 언제나 제자리로 돌아간다.
그러니 멈추지 말고 두려워하지 말고 계속 길을 잃자.

이제 바람의 방향을
바꾸어야 할 때야.

무언가 얻으려고 떠난 여행

사람이 되어서 오자고 떠난 여행

그리고 후련히 돌아온 날.

사람이 되어서 돌아왔냐고?

왜 이러실까.

아직은 더 떠나야 할 나인 걸요

또다시 여행

조금 늦어도 괜찮아